LE

# JÉSUITISME EN ACTION

ET MIS A NU,

ou

L'Évangile vengé,

## POÈME EN SEIZE CHANTS,

PAR LE CENTENAIRE CANDIDALMA.

PARIS,

LADVOCAT, PALAIS-ROYAL, Nos 195 et 196.

——

1826.

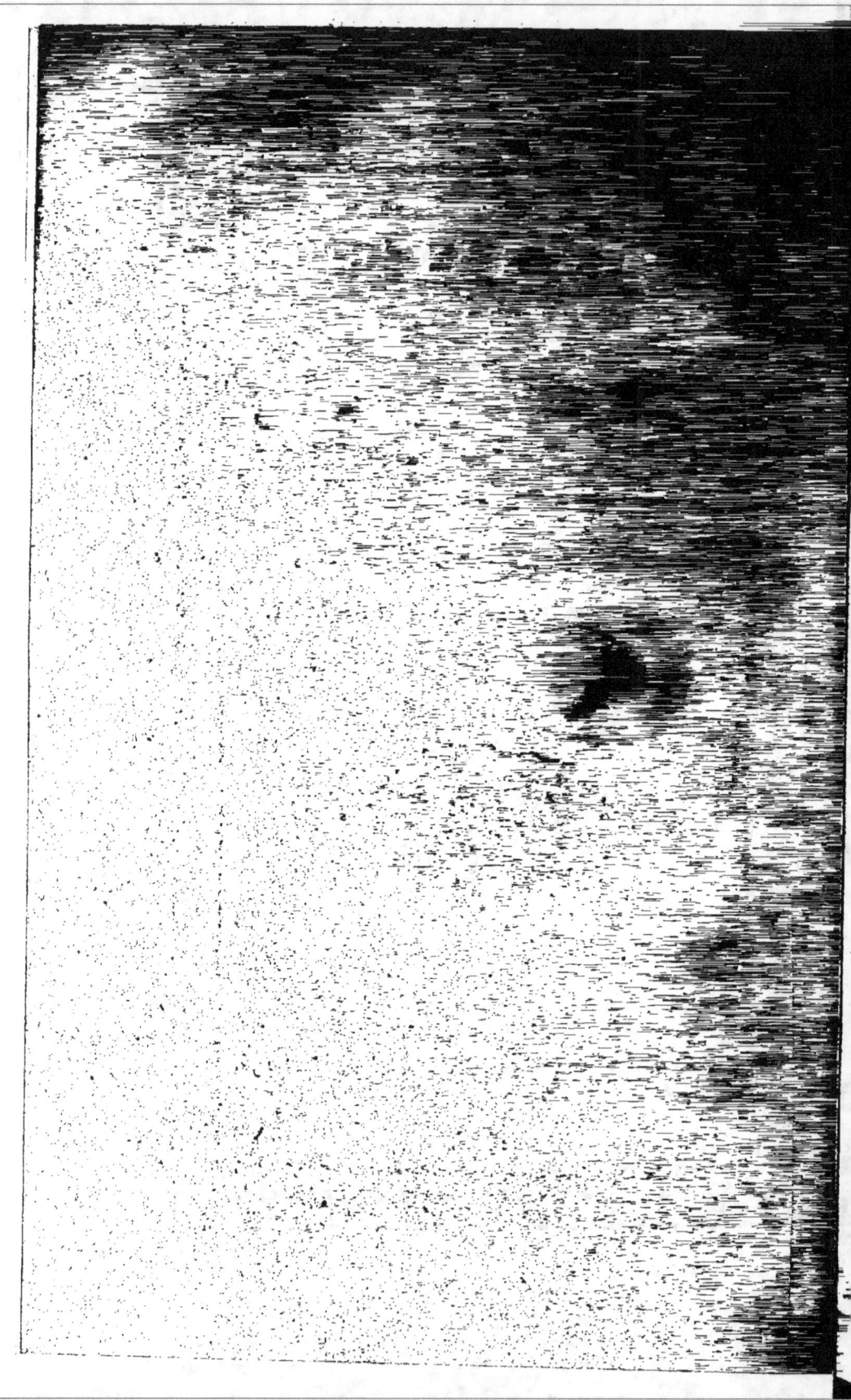

PAR SOUSCRIPTION

# AU PROFIT DES GRECS.

# LE JÉSUITISME EN ACTION ET MIS A NU,

ou

# L'ÉVANGILE VENGÉ;

POÈME

DIVISÉ EN SEIZE CHANTS,

Avec les notes du vieillard de la Croix-Rousse,

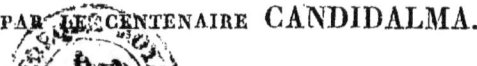

PAR LE CENTENAIRE CANDIDALMA.

## Prospectus.

« Si on veut avoir une idée du fanatisme que ces
» hommes ( *les Jésuites* ) savaient inspirer à leurs
» élèves, il faut lire dans leurs lettres annuelles
» de 1594 et 1595, aux pères et aux frères de la
» Société, le récit de la prétendue persécution
» qu'ils disent avoir éprouvée A LYON. Les parens,
» disent-ils, et les Magistrats avaient beau venir

» dans leurs écoles tourmenter leurs jeunes élèves,
» et les menacer de la mort ; ils ne purent jamais
» arracher d'eux autre chose, si ce n'est qu'on
» devait respecter sans doute le roi légitime; mais
» qu'il n'y avait de roi légitime que celui que l'au-
» torité du Pape reconnaissait. » ( M. le comte de
Montlosier. )

« Sire, je vous demande en grâce de choisir
» mon successeur ( *un confesseur* ) dans notre Com-
» pagnie; elle est très-attachée à Votre Majesté ;
» mais elle est fort étendue, fort nombreuse, et
» composée de caractères très-différens, tous pas-
» sionnés pour la gloire du Corps. On n'en pour-
» rait pas répondre dans une disgrâce, et *un*
» *mauvais coup* est bientôt fait. » ( Lettre du père
la Chaise mourant à Louis XIV. )

« *Itaque his omnibus atque aliis diligenter exa-*
» *minatis et perpensis, hæc Societas videtur in negotio*
» *fidei periculosa, pacis Ecclesiæ perturbativa, monas-*
» *ticæ religionis eversiva, et magis in destructionem*
» *quàm in œdificationem.*» ( Décision de la Sorbonne
en 1554. )

« Disons-le hardiment à toutes les familles :
» Fermez vos portes aux *Jésuites*, ou renoncez à
» l'espoir de la paix. La première expulsion des
» *Jésuites* vous avait délivrées de ce *cauchemar* ;
» leur retour va vous le rendre. C'est un levain
» qui, chez vous, fermentera sans cesse, et aigrira
» le tout. » ( M. de Pradt ).

« N'est-ce pas une chose fort étrange de voir des
» hommes ( *les Jésuites* ) qui font profession d'être
» religieux, auxquels je n'ai jamais fait de mal,

» ni en ai la volonté, qui attentent journellement
» à ma vie ? ». ( Henri IV à Sully. )

Nous croyons qu'en voilà *provisoirement* assez
pour justifier la publication du poème dont nous
annonçons aujourd'hui la souscription.

Cet ouvrage héroï-comique en vers de dix syl-
labes, format in-8., le corps de l'ouvrage en *ci-
céro*, pareil à celui de ce Prospectus, les notes en petit
romain, paraîtra par livraisons ; chaque livraison
se composera de *deux chants ;* tous ces derniers,
ornés de lithographies représentant les scènes les
plus intéressantes de l'ouvrage, seront suivis de
notes historiques, explicatives et critiques. Une
préface de l'auteur *centenaire* servira d'introduction à la première livraison qui paraîtra le premier
juillet prochain ( 1826. )

Le prix de la souscription pour chaque livraison,
papier ordinaire, est de UN FRANC sans les gravures,
et de DEUX FRANCS avec les lithographies. Sur papier
vélin et dans ce dernier cas, le prix sera de TROIS
FRANCS. Les souscripteurs ne débourseront rien
qu'au fur et à mesure des livraisons particlles.

Ces prix, *par la poste,* seront augmentés *pour
chaque livraison*, sans les gravures, de 15 centimes,
et de 25 centimes pour *chacune* des autres.

Le poème sera publié en entier dans toute l'année 1826.

On souscrit jusqu'au premier juillet prochain
exclusivement,

A Lyon, chez MM. les libraires, Ayné, place
Louis-le-Grand ( Belle cour ), n°. 22 ; Targe, rue

Lafont, n°. 4; Millon jeune, quai Villeroy, et aux bureaux de l'*Indépendant*, du *journal du Commerce* et de *l'éclaireur du Rhône*, et même à celui de la *Gazette universelle*, si son impartialité le lui permet;

A Paris, chez les descendans de l'auteur *centenaire*, rue Neuve-St-Augustin, n°. 20;

A Rome et à Chambéry, chez le général Fortis et tous *les Jésuites*, et chez le poète dans la capitale de la Savoie seulement.

*N. B.* Le quart du produit de la publication de l'Evangile VENGÉ sera versé, AU PROFIT DES MALHEUREUX HELLÈNES (DES GRECS), chez M. Joannon-Navier, notaire à Lyon.

LYON, IMPRIM. DE C. COQUE, rue de l'Archevêché, n. 5.

# LE JÉSUITISME,

ou

# L'ÉVANGILE VENGÉ,

### POÈME.

LYON, IMPRIMERIE DE COQUE, RUE DE L'ARCHEVÈCHÉ.

# LE
# JÉSUITISME EN ACTION

### ET MIS A NU,

ou

## L'Évangile vengé,

### POÈME EN SEIZE CHANTS,

AVEC LES NOTES DU VIEILLARD DE LA CROIX-ROUSSE A LYON,
ANCIEN JÉSUITE, CONVERTI DEPUIS PEU A LA MORALE, A
LA RELIGION, A LA VRAIE PHILOSOPHIE;

#### PAR LE CENTENAIRE CANDIDALMA.

### PARIS,

LADVOCAT, PALAIS-ROYAL, Nos 195 et 196;
AUDIN, QUAI DES AUGUSTINS, N. 125.

### LYON,

AYNÉ FRÈRES, IMPR.-LIBRAIRES, PLACE BELLECOUR, N. 22.

### BORDEAUX,

CHARLES LAWALLE JEUNE.

### 1826.

# PRÉFACE
# DE L'AUTEUR.

———⋙◦⋘———

Les artifices sont pour les gens de lettres
la plus mauvaise des armes ; l'on se croit
un politique et l'on n'est qu'un méchant.
Point de politique en littérature ; il faut
avoir raison, dire la vérité et s'immoler.

VOLTAIRE.

Un congréganiste ultramontain, un... mouchard de Saint-Acheul, un *jésuite à robe courte*, salarié par Montrouge, et soi-disant aide de camp du *général Fortis* (cette race impure se glisse, *se fourre* partout, entend tout, voit tout), demandait hier à mon imprimeur quels pouvaient être les motifs *légitimes* qui m'ont inspiré cette longue et *cruelle diatribe* contre ses frères.. (Le perfide ! l'impudent !) ses frères en Jésus-Christ? L'érudit typographe sourit de pitié presqu'autant que de mépris, et, pour toute réponse, jeta sous les yeux du *tartufe* l'abrégé chronologique suivant. Je m'en suis emparé aujourd'hui en corrigeant la première épreuve de l'*Évangile vengé*, et je le transcris ici ; ce sera ma *préface justificative*.

1547 » Six ans après l'érection de leur maudite com-
» pagnie, les *jésuites* éprouvent un premier échec
» en Allemagne; *Bobadilla* en est chassé pour avoir
» écrit contre l'*intérim* d'Ausbourg.

1554 » La Sorbonne décida que *la société de ces mes-*
» *sieurs était périlleuse au fait de la foi, perturbatrice*
» *de la paix de l'Église, tendante à renverser la reli-*
» *gion, et plus propre à détruire qu'à édifier.*

1555 » Ils sont bannis de Sarragosse.

1560 » *Gonsalès Silvéria* est supplicié au Monomotapa,
» comme espion du Portugal et de sa société.

1566 » Les *jésuites* sont expulsés de la Valteline par
» les Grisons.

1568 » De Vienne (en Dauphiné).

1570 » D'Avignon.

1578 » De Ségovie, de Portugal. En même tems tout
» ce qu'il y a de *jésuites* dans Anvers en est proscrit
» pour s'être refusés à la pacification de Gand.

1579 » *Campian, Skerwin* et *Briant* ou *Briond*, sont
» mis à mort pour avoir conspiré contre la reine Eli-
1581 » sabeth d'Angleterre. Dans le cours de son règne,
1586 » cinq conspirations sont tramées contre sa vie par
» les pères *Parsons, Ballard* et autres, *jésuites* comme
» les trois premiers.

»Leur banissement a lieu au Japon.                 1587

»Dans la Hongrie et la Transilvanie. En même 1588
»tems on les voit animer la ligue formée en France
»contre Henri III. Le père *Auger*, confesseur de ce
»prince, est chassé de la cour. La même année, *Molina*
»publie ses pernicieuses rêveries sur la concorde
»de la grâce et du libre arbitre. *Jacques Clément*,
»dégouttant du sang d'Henri III, est honoré par les
»*jésuites*.

»Bordeaux les chasse.                              1589

»*Barrière* est armé d'un poignard contre le meil- 1593
»leur des rois par le *jésuite Varade*, qui, dans l'as-
»sassinat du dernier des Valois, trouvait qu'il n'y
»avait qu'un *péché véniel.*

»La France entière les bannit comme com- 1594
»plices du parricide de *Jean Châtel. Celui-ci enquis*
»*si le propos de tuer les rois n'était pas ordinaire aux*
»*jésuites, a dit leur avoir ouï dire qu'il était loisible*
»*de tuer le roi, et qu'il était hors de l'église, et ne*
»*lui fallait obéir, ne le tenir pour roi jusqu'à ce qu'il*
»*fût approuvé par le Pape.*

»Leurs pères *Guignard* et *Guéret*, saisis d'écrits 1595
»apologétiques de l'assassinat du bon Henri, sont

» conduits à la Grève, et y sont écartelés et brûlés
» vifs.

1596   » *Ces messieurs* sont honteusement congédiés de la
» Hollande.

1597   » De la ville de Tournon et du Béarn. En même
» tems les congrégations *de Auxiliis* se tiennent à
» l'occasion de la nouveauté de leur doctrine sur
» la grâce, et Clément VIII leur dit : *Brouillons, c'est*
» *vous qui troublez toute l'Église.*

1598   » Les *jésuites* corrompent un scélérat, lui admi-
» nistrent son Dieu d'une main, lui présentent un
» poignard de l'autre, lui montrent la couronne
» éternelle descendant du ciel sur sa tête, l'envoient
» assassiner Maurice de Nassau, et se font encore
» chasser de toute la Hollande.

1601   » D'Angleterre, de nouveau.

1604   » Encore des états britanniques. En même tems la
» clémence du cardinal Borromée les chasse du col-
» lége de Braida pour des crimes qui auraient dû les
» conduire au bûcher.

1605   » Les *jésuites Oldecorn* et *Garnet*, auteurs de la
» conspiration des poudres, sont abandonnés au
» supplice qu'ils ont mérité.

1606   » De Dantzick et Thorn.

» La même année, rebelles aux décrets du sénat
» de Venise, on est obligé de les chasser de cette
» ville.

» *Ravaillac* assassine Henri IV. Les *jésuites* restent 1610
» sous le soupçon d'avoir dirigé sa main ; et comme
» s'ils en étaient jaloux et que leur dessein fût de
» porter la terreur dans le sein des monarques, la
» même année *Mariana* publie, avec son *Institution*
» *du prince*, l'apologie du meurtre des rois. Le père
» *Santarel* de son côté écrit, à Rome, et met en prin-
» cipe que le Pape peut punir les rois et les princes
» de peines temporelles, qu'il les peut déposer et dé-
» pouiller de leurs états pour crime d'hérésie, et
» qu'il est en droit de dispenser leurs sujets du ser-
» ment de fidélité.

» Malgré un arrêt du parlement portant que les 1612
» *jésuites* s'engageront à ne rien entreprendre contre
» la vie des rois et les libertés de l'église Gallicane,
» cette soumission ne les fait point changer de doc-
» trine. Le cardinal *Bellarmin* convient cependant :
» *qu'il n'appartient pas aux religieux et aux autres ec-*
» *clésiastiques de tuer les rois par des embûches, et les*
» *souverains Pontifes n'ont point coutume de réprimer*
» *les princes par cette voie. Seulement, après les avoir*

»*repris d'abord paternellement, ils en viennent à les*
»*retrancher par des censures de la communion aux sa-*
»*cremens ; ensuite, s'il est nécessaire, ils délient leurs*
»*sujets du serment de fidélité ; après quoi, c'est à*
»*d'autres qu'à des ecclésiastiques qu'il appartient d'en*
»*venir* A L'EXÉCUTION : Executio ad alios pertineat.
»*Le jésuite* Bellarmin est pourtant, nous fait obser-
»ver M. le comte de Montlosier, un des ultramontains
»*modérés.* Son écrit régicide est condamné. L'arrêt
»ne fut pas exécuté, malgré les remontrances du
»parlement à la reine-mère.

　»A ce sujet, le savant Richer, syndic de la fa-
»culté de théologie, qui le premier avait dénoncé
»le livre de Bellarmin, par sa belle réfutation,
»ayant pour titre *de la puissance ecclésiastique et*
»*politique*, est entraîné dans un horrible guet-à-
»pens par les enfans de Loyola. Le complot dont il
»devint la victime, fut exécuté dans la maison même
»du cardinal de Richelieu, alors ministre.

　»A la sollicitation de ces pères, le prélat mi-
»nistre fait prier Richer de venir dîner chez lui.
»Au sortir de la table, *le père Joseph*, capucin, fait
»entrer le docteur dans une chambre, tire un

»papier contenant une rétractation de son livre
»*de la puissance ecclésiastique et politique*, et élevant
»tout-à-coup la voix pour servir de signal, il lui
»dit: *C'est aujourd'hui qu'il faut mourir ou rétrac-*
»*ter votre livre.* Aussitôt deux *jésuites* assassins
»sortent de l'antichambre, se jettent sur Richer,
»le saisissent chacun par un bras, et lui présen-
»tent un poignard, l'un par-devant, l'autre par
»derrière, tandis que le troisième lui met sous la
»main le papier qu'il lui fait signer, sans lui donner
»le temps de le lire. Richer pénétré de douleur
»d'avoir signé, quoique par force, la condamnation
»de la vérité, tomba malade et mourut quelque
»temps après.

» Ils sont renvoyés du royaume d'Amura ou Ja- 1613
» pon, de nouveau.

» Les *jésuites* sont expulsés de Bohême comme 1618
» perturbateurs du repos public, gens soulevant les
» sujets contre leurs magistrats, infectant les esprits
» de la doctrine pernicieuse de l'infaillibilité et de la
» puissance universelle du Pape, et tenant par toutes
» sortes de voies le feu de *la Discorde* entre les mem-
» bres de l'état.

» Bannis de Moravie pour les mêmes causes. 1619

1622 » De Naples et des Pays-Bas, de la Chine et de l'Inde.

1631 » Leurs cabales soulèvent encore le Japon, et la » terre est trempée, dans toute l'étendue de l'em- » pire, de sang idolâtre et chrétien.

1634 » Ils sont surveillés à Malte.

1641 » Ils allument en Europe la querelle absurde du » jansénisme, qui a coûté le repos et la vie à tant » d'honnêtes fanatiques.

1643 » Malte nouvellement indignée de leur déprava- » tion et de leur rapacité, les rejette loin d'elle.

1646 » Ils font à Séville une banqueroute qui précipite » dans la misère plusieurs familles : celle du *P. La* » *Valette* n'est pas la première, comme on voit.

1676 » La Russie les repousse.

1682 » Les Iroquois qu'ils travaillaient à *convertir*, sti- » pulèrent, par un traité de paix avec le gouver- » nement du Canada, l'éloignement de ces *mission-* » *naires immoraux* qui séduisaient les filles des sau- » vages, et faisaient tout ce que Jésus-Christ a dé- » fendu.

1701 » A Brest, *le père Chauvel* et quatre autres *jésuites* » ses complices, déguisés en honnêtes gens, ayant » leur jardinier pour *notaire*, dépouillent, à l'aide

» d'un faux testament, le nommé *Ambroise Guys*
» ( qu'ils font mourir ensuite chez eux ) de toutes ses
» richesses , consistant en *dix-neuf cent mille livres*
» *d'or , une somme considérable* en argent , huit coffres
» pleins de pierreries, et quantité d'autres marchan-
» dises précieuses

   » Leur basse jalousie détruit Port-Royal ; leur  1709
» main sacrilége promène la charrue sur ce docte sol,
» ouvre les tombeaux des morts, disperse leurs os,
» et renverse ces murs sacrés dont les pierres leur
» sont retombées si lourdement sur la tête.

   » Ils appellent de Rome cette bulle *Unigenitus* ,  1713
» qui leur a servi de prétexte pour causer tant de
» maux , au nombre desquels on peut compter plus
» de *quatre-vingt mille lettres de cachet* , décernées
» contre les plus honnêtes gens de l'état, sous le
» plus doux des ministères.

   » La même année, le *jésuite Jouvency* , dans une
» histoire de la société , ose installer parmi les mar-
» tyrs les assassins de nos rois ; et nos magistrats at-
» tentifs font brûler son ouvrage.

   » Pierre-le-Grand ne trouve de sûreté pour sa per-  1723
» sonne, et de moyen de tranquilliser ses états , que
» dans le bannissement des *jésuites*.

1728 » Le *père Berruyer* travestit en roman l'histoire de
» Moïse, fait parler aux patriarches la langue de la
» galanterie et du libertinage.

1729 » La Savoie même, pays religieux et bigot, les
» chasse de partout.

1730 » Le scandaleux *Tournemine* prêche à Caen, dans
» un temple et devant un auditoire chrétien, qu'il
» est *incertain* que *l'Évangile* soit *une écriture sainte*.
» C'est dans ce même tems qu'*Hardouin* commence
» à infecter son ordre d'un scepticisme aussi ridicule
» qu'impie.

» *Tout Paris voyait* (alors) *dans les jésuites les*
» *corrupteurs de la raison et de la morale, et des fa-*
» *bricateurs de lettres de cachet* ( a dit Voltaire élevé
» par ces *croque-testamens* ).

1731 » L'autorité et l'argent dérobent aux flammes le
» corrupteur et sacrilège *père Girard*.

1736 » Le roi de France bien informé du vol des effets
» d'Ambroise Guys, commis par les *jésuites* de Brest,
» rendit, *proprio motu*, un arrêt qui condamna soli-
» dairement tous *les boucs* du royaume à restituer
» aux héritiers tous les effets en nature, sinon de leur
» payer la somme de huit millions par forme de res-

»titution. (*Le père Chauvel* avoua plus tard son
» crime, au lit de mort. )

» L'impudique *Benzi* suscite en Italie la secte des   1743
» *mammillaires* ( anabaptistes hollandais qui ne bap-
» tisent qu'à l'âge de raison ).

» *Le P. Pichon* prostitue les sacremens de pénitence   1745
» et d'eucharistie, et abandonne le pain des saints
» *à tous les chiens qui le demanderont.*

» Les *jésuites* du Paraguay conduisent en bataille   1755
» rangée les habitans de ce pays contre leur légi-
» time souverain.

» Un attentat parricide est commis contre Louis   1757
» XV, et c'est par un homme qui a vécu dans les
» foyers de la société *dite* de Jésus, que ces pères
» ont protégé ; et dans la même année de ce crime
» de *Damiens*, ils publient une édition d'un de leurs
» auteurs classiques, où la doctrine du meurtre des
» rois est enseignée. C'est comme ils firent en 1610,
» immédiatement après l'assassinat de Henri IV;
» mêmes circonstances, même conduite.

» Le roi de Portugal, Joseph I<sup>er</sup>, est assassiné à   1758
» la suite d'un complot formé et conduit par les
» *jésuites Malagrida, Mathos et Alexandre.*

1759 »Toute cette troupe de *religieux assassins* est
»chassée de la domination Portugaise.

1761 »*Un escroc* de cette compagnie, après s'être em-
»paré du commerce de la Martinique, menace d'une
»ruine totale ses correspondans. On réclame en
»France la justice des tribunaux contre le *jésuite*
»banqueroutier, et la société est déclarée solidaire
»du *P. la Valette*. Elle traîne maladroitement cette
»*sale affaire* d'une juridiction à une autre; on y
»prend connaissance de ses constitutions, on en
»reconnaît l'abus, et les suites de cet événement
»amènent son extinction parmi nous. Son général
»Ricci osait encore répondre au roi de France, en
»parlant des *boucs de Loyola : qu'ils soient ce qu'ils
»sont, ou qu'ils ne soient point*. Mais Louis XV dit :
»*qu'ils ne soient donc plus.*

1762 »De là l'arrêt du 6 août de cette année qui sup-
»prima l'infame société en France.

1767 »Les *jésuites* sont renvoyés d'Espagne le 2 avril,
»et du royaume des Deux-Siciles le 3 novembre
»de la même année.

1768 »Du duché de Parme le 8 février, et de l'île de
»Malte, de nouveau, le 22 avril.

»De Rome et de toute la chrétienté par le pape   1773
»Clément XIV.

»Malgré la bulle de Clément XIV et l'autorité   1775
»de Louis XV, les *jésuites* s'obstinent à ne point
»quitter la France.

»Ils se cachent sous le nom de *Cordicoles* ou ado-   1776
»rateurs du sacré cœur de Jésus.

»Sous celui de *Frères de la croix*.                     1777

»La révolution éclate. Ils portent dans la Vendée   1789
»leurs petites dévotions, marient à la bannière
»des lis les images du sacré cœur, et, par un con-
»traste frappant et bien digne d'eux, ils se rallient
»autour d'un ancien confrère, l'abbé Delpuis,
»pour participer aux horreurs de la révolution.

»Leurs basses flatteries et leurs éloges intéressés   1804
»auprès de Napoléon couronné par le Pape, écla-
»tent dans un écrit de *l'abbé Proyart*, qui semble
»s'être fait un jeu de justifier le régicide. *Dieu*, dit-
»il, *a parlé au cœur de cet homme extraordinaire qui
»remplit aujourd'hui le monde du bruit de son nom.
»On se croit reporté aux jours de Charlemagne, quand
»on entend Bonaparte elever la voix au milieu de cette
»nombreuse assemblée ecclésiastique, etc.* Que disait
»alors M. l'abbé de La Mennais lui-même, cet apô-

2

» tre aujourd'hui si plein d'audace, qui reproche à
» Napoléon de n'avoir pas voulu de législation ca-
» tholique? *O France! réjouis-toi, tes calamités enfin*
» *sont à leur terme. Voilà que des extrémités de l'Afri-*
» *que la Providence t'amène, comme par la main, à*
» *travers les mers, un de ces hommes puissans en œuvres,*
» *qui, destinés à la représenter sur la terre, apparais-*
» *sent pour tout rétablir quand tout semble désespéré...*
» *La religion et la monarchie renaissent ensemble, et*
» *la révolution est terminée.* ( Réflexions sur l'état de
l'Eglise en France, 1ʳᵉ édit. )

1805 » Un rapport est fait par M. Portalis au conseil
» d'état sur les sociétés occultes des *jésuites.* Le car-
» dinal Fesch, l'abbé de La Mennais et M. de Bou-
» logne empêchent l'exécution des sages mesures
» que réclame ce ministre des cultes.

1814 » Par la plus triste contradiction à la bulle de 1773,
» la bulle de Pie VII rétablit les *jésuites*, mais ne les
» impose à aucun des états de la chrétienté; l'arrêt
» du 6 août 1762 subsiste encore sans abrogation,
» les *jésuites* sont donc toujours légalement pros-
» crits en France.

» *Les jésuites* s'opposent de toutes leurs forces aux
» concessions que Louis XVIII veut faire au temps

» et au besoin de ses peuples. L'écrit séditieux de
» M. de Maistre, ayant pour titre *Considérations sur*
» *la France*, frappe d'anathème ces concessions gé-
» néreuses du plus sage des monarques.

» En même temps le prince régent de Portugal
» refuse de les recevoir dans ses états. Ils se glissent
» adroitement en France sous la bannière des *pères*
» *de la Foi,* exploitent les provinces les plus riches
» et pénètrent dans Paris. Ils sont partout, et l'on
» s'obstine à ne les voir nulle part.

» La cour de Russie ( sous Alexandre ) a reconnu   1816
» dans quelle erreur étaient Catherine II et Paul Ier
» à l'égard des *jésuites*, en les bannissant probable-
» ment à perpétuité, cette seconde fois, de tous les
» états russes. Les motifs bien déduits de cette ex-
» pulsion forment un acte d'accusation contre la
» tendance innée du *jésuitisme* à transgresser les
» contrats, à brouiller, à intriguer, à agir sur les
» familles. ( Voir leurs instructions secrètes, aujour-
d'hui connues. )

» *Un moine de Saint-Acheul*, ancien condisciple   1817
» d'un ministre du roi ( Louis XVIII ), se présente
» à lui. Tu ne me connais pas, lui dit-il? je suis *tel*.
» ( Il déclare son nom ). Tu vas me demander d'où

» je viens? de *Saint-Acheul*; qui je suis? *jésuite*. En
» cette qualité, tu peux me persécuter si tu veux.
» J'accepte tes persécutions; je suis sous la protec-
» tion de Dieu et sous ses ordres.

1819 » Les *jésuites-missionnaires* débordent néanmoins
» en France et violent notre territoire, malgré les
» attaques énergiques et légales dirigées contre eux
» à Marseille, à Grenoble, dans la Gironde, en Au-
» vergne et à Paris.

1822 » L'illustre général Foy, dont toute la France
» constitutionnelle et vraiment monarchique pleu-
» rera long-temps la perte prématurée, disait à la
» tribune, et personne n'osait le contredire: *Tout le*
» *monde redoute et avec raison le rétablissement de*
» *cette société.... Oui, Messieurs, les jésuites se réta-*
» *blissent tous les jours en France, non pas d'une*
» *manière apparente, mais sourdement; et dans tout*
» *le clergé séculier ils envahissent tout, ils répandent*
» *partout leurs funestes principes, leurs ambitieuses*
» *prétentions. Ils s'installent les missionnaires de*
» *France, et ne sont autorisés cependant par aucune*
» *loi, car la loi veut que le culte ne s'exerce dans cha-*
» *que paroisse que sous la direction des curés.*

1823 » Cri d'alarme, à leur sujet, qu'un écrivain mo-

»narchique , M. Alexis Dumesnil , fait retentir le
»premier dans le sanctuaire de la justice.

» Leur général *Fortis* ose lever le masque et cons-
»tater les établissemens illicites que sa société cor-
»rompue a déjà en France , dans sa lettre *du 27 mai*
»*au maire de Chambéry* , rendue publique par le
»*Constitutionnel* et les deux derniers ouvrages de
»MM. de Pradt et de Montlosier.

»La Prusse ne montre aucune disposition protec- 1824
»trice à l'égard des *jésuites*. Le royaume des Pays-
»Bas ne leur est pas plus favorable; il vient d'ex-
»pulser les membres de l'ordre , qui, là comme en
»France, sous des noms masqués, venaient explo-
»rer le pays et s'y établir.

»L'Angleterre, la Sainte-Alliance, l'Allemagne , 1825
»le Portugal et la Pologne, ne veulent plus de *jé-*
»*suites ;* la France se laisse envahir par eux , mais
»elle ne s'est pas prononcée comme état, parce que
»le sentiment général n'est pas douteux... L'univers
»les abhorre et les repousse comme ils le méri-
»tent.

»Tout récemment , pour en finir , la Cour
»royale de Douai, noble rivale de celle de Paris,
»vient de signaler le dol et la fraude de la part des

»*jésuites* de Saint-Acheul, et leur existence illégale
»en France, par son arrêt qui condamne le *jésuite*
»*Lépine* à restituer *trente mille francs extorqués* à
»l'aide d'un testament illicite, passé en faveur de
»la compagnie *dite* de Jésus. Cette Cour a donc
»constaté *de fait* une violation formelle des lois
»existantes par les *jésuites.*»

Voilà ma *préface* ou l'exposé de mes motifs : les
pièces à l'appui sont partout, et le lecteur peut les
trouver dans toutes les histoires du *jésuitisme* et
des *jésuites*, mais principalement dans leurs propres écrits. Celui qui, après avoir parcouru cet
*abrégé chronologique*, ne partagera pas ma juste indignation, pourra se dispenser de lire mon poème.
Ce n'est pas pour lui que j'écris et que je l'ai composé ; je ne prétends égayer ou distraire que les dix-
neuf vingtièmes des Français, s'il est vrai qu'il n'y
ait que *ça* qui méprise les *jésuites* et leurs apologistes.

FIN DE LA PRÉFACE.

# PROFESSION DE FOI

DU CENTENAIRE **CANDIDALMA**,

AUTEUR DE CET OUVRAGE.

———————◦◦◦◦◦◦———————

JE suis chrétien et fort bon catholique. J'aime ma religion sans m'élever outrageusement contre celle des autres. J'abhorre les JÉSUITES qui alimentent la DISCORDE dont ils sont nés et qui les nourrit, autant que j'affectionne, vénère et respecte les bons pasteurs, ou les pieux philosophes qui l'éteignent. Les premiers sont les parjures et les bourreaux du christianisme; les seconds sont les amis des hommes et les vrais disciples du Sauveur du

monde. En me défiant des uns qui
révoltent et scandalisent, j'ai appris à
éviter le crime, à détester le vice; en
me confiant aux autres qui persua-
dent et édifient, j'ai connu le prix
de la vertu, j'ai fait UN PEU DE BIEN.
Malgré les justes motifs de ma haine
et les douceurs légitimes de mon
affection, dès que les fanatiques ou
les pervers ne seront plus à la place
des vrais religieux ou des gens de
bien, disposé à mourir l'ami de mes
semblables, ainsi que j'ai vécu, je sens
que je pardonnerai aux fils de Loyola
redevenus chrétiens, comme à mes
ennemis, en implorant la miséricorde
divine sur tous les pécheurs et sur
moi.... Ainsi soit-il!

# CHANT PREMIER.

## ARGUMENT.

Début d'usage; l'auteur invoque sa muse. — Un page est le fondateur du *jésuitisme*. — Révélation de l'ombre d'Ignace de Loyola au poète et à sa muse. — Jeunesse galante, militaire et mortifiante de ce saint. — Prise de voile et mort pieuse de la princesse Clari. — Cette maîtresse du page lui apparaît en songe; en quel lieu, et description de ce séjour. — Beauté de l'ombre de Clari, qui parle à son aimable séducteur et l'entraîne dans l'asile des tombeaux. — Ignace interrompt le récit de son rêve pour son heure de purgatoire. — Fin obligée du premier chant.

# LE
# JÉSUITISME EN ACTION

## ET MIS A NU,

OU

# L'ÉVANGILE VENGÉ.

·······································

## CHANT PREMIER.

Je vais chanter.... « Chanter n'est pas le mot
( Va-t-on me dire ), et vous n'êtes qu'un sot,
» Si vous prenez un mot ainsi pour l'autre.
» Du *jésuitisme* en vous faisant l'apôtre,
» Si telle était votre vocation,
» Vous devriez débuter sur ce ton ;
» Mais vous voulez en faire la satire....
» Parlez donc clair pour clairement écrire. »
Ne pouvant rien répliquer à cela....

· · · · · · · · · · ·

Je vais HONNIR les *boucs* de Loyola ;

Et dans des vers que Gresset savait faire,
Mais moins coulans avec mon ministère,
Pour parvenir à ce but généreux,
Les mettre en scène est tout ce que je veux;
Car il suffit, pour flétrir leur mémoire,
Des moindres traits de leur horrible histoire. [1]
Bien convaincu de cette vérité,
Je me dévoue.... à la postérité.

Quittons ensemble, ô ma muse fidèle,
Le luth d'amour, le boudoir d'une belle;
Les soupers fins, les doux jeux que Comus
Fait éclairer pour la seule Vénus.
Plus de soupirs, ni d'amoureuses larmes;
Plus de combats, *et partant plus d'alarmes.*
Laissons Thalie et sa tragique sœur,
Languir long-temps sous le joug oppresseur
D'une censure injuste et ténébreuse.... [2]
Clio m'appelle, et sa trompette heureuse
Me crie : *Arrive et parle en liberté,*
*Rime l'histoire avec sincérité;*
*La France est libre et l'Europe t'écoute...* [3]
A cet appel, muse, tu viens sans doute :
Guide mon vol, et tous deux distinguons
L'esprit de Dieu de l'esprit des démons.

Le fait vraiment est digne de remarque,
Ce fut, dit-on, le page d'un monarque,
Jeune profès des intrigues de cour,

Rassasié des plaisirs de l'amour,
Qui désertant les drapeaux de Cythère
Pour ceux de Mars, changea contre un bréviaire
De vains lauriers rougis d'un sang pécheur,
Et de nos *boucs* se fit le fondateur. 4
A Loyola fut le fief de sa race;
Ce fondateur, ce héros.... c'est Ignace.
Parfaits chrétiens, vrais dévots, un moment....
Lorsque j'ai pris le saint engagement
D'être sincère, ici n'allez pas croire
Qu'au *Biscayen* je conteste sa gloire, 5
Ni son génie... Oh! non; historien,
Je dois vous dire et le mal et le bien.
Si les écarts d'une jeunesse ardente
Promettaient peu la vie édifiante
Qui jusqu'à Rome un beau jour signala
Le page errant, sorti de Loyola,
Vous allez voir comment la pénitence
Vint arracher à la concupiscence
Ce *Sigisbé* de la cour d'un grand roi,
Pour l'embraser de l'ardeur de la foi.
Si pour parler des modernes *jésuites*,
Toujours flattés par de vils hypocrites,
Du temps qui fuit j'invoque le retour,
J'ai mes raisons.... A qui durent le jour
Ces noirs esprits? le monde entier l'ignore.
Ma muse et moi nous l'ignorions encore,
Avant qu'Ignace, ou son ombre, ou le Ciel
Nous eût dicté cet aveu solennel.

Sachez comment la DISCORDE fatale
Fonda par lui cette secte infernale, [6]
Notre saint parle; et si vous en doutez,
Ma plume écrit... Profanes, écoutez.


« Suspends tes chants; j'éclairerai ta muse
» Sur tous les maux dont l'univers m'accuse
( Dit une voix ); tu poursuivras après.
» C'est à l'amour que je dus mes succès;
» Mais cette flamme égara mon génie,
» Et mon salut ne fut qu'une œuvre impie...
» Tu vas le voir. J'arrive à cette cour,
» Où l'on t'a dit que je connus l'amour...
» Dix-huit printemps animaient mon visage;
» J'étais superbe, ardent comme mon âge. [7]
» Né pour la gloire et taillé pour l'amour,
» Ambitieux et galant tour à tour,
» Ma bonne mine, autant que mon audace,
» M'aurait valu le nom de *Lovelace*,
» Si de mon temps on eût connu ce nom...
» Alcibiade était-il plus beau?... Non.
» Et Richelieu, s'il s'agit de bon drille,
» Ne m'alla pas jusques à la cheville.
» Bientôt du roi je fus le favori,
» Son premier page... Alors vivait Clari, [8]
» Princesse auguste, et, par malheur, trop belle,
» Pour que l'on pût être un ange avec elle.
» Répondez-moi, cœurs dans l'âge d'aimer,
» Pourriez-vous bien ne pas vous enflammer,

» Si, chaque aurore, une aimable bergère
» Vous présentait à l'ombre du mystère,
» Avec quinze ans, un corps fait pour l'amour;
» Un cœur tout prêt.. mais pur comme un beau jour;
» De grands yeux bleus, si parlans sans rien dire!
» Bouche céleste, où le tendre sourire
» Laisse admirer deux petits arcs d'émail,
» Entre lesquels tremble un dard de corail⁹,
» Dont la piqûre est douce autant que vive;
» Un front de vierge où le désir arrive;
» Sourcils arqués voluptueusement,
» Pour captiver les regards d'un amant;
» Sur chaque joue un lis, deux ou trois roses,
» Fraîches comme elle, et du jour même écloses;
» Un nez romain, régulier et fripon,
» Pour le plaisir séparé du menton,
» Le plus joli, le plus friand du monde?
» De cette tête à chevelure blonde,
» Répondez–moi, cœurs dans l'âge d'aimer.
» Pourriez-vous bien ne pas vous enflammer?
» Ah! non sans doute! une beauté si rare
» Doit faire à tous oublier le tartare,
» Ou Belzébut... Eh bien! pour mes péchés,
» Je découvris que les charmes cachés
» Du tendre objet de mes premières armes,
» Mieux aperçus, étaient bien d'autres charmes!
» En descendant... et d'encore en encor,
» Décrivons-les; oui, sur chaque trésor
» Jetons les yeux. Sous la gaze d'albâtre

» S'arrondissait... Mais que vais-je rabattre?
» Ai-je besoin de les montrer ici,
» Pour illustrer les attraits de Clari?
» Huit derniers mots vont les faire connaître :
» Elle était belle et ne croyait pas l'être...
» Telle sans doute on n'en a jamais vu!
» Clari, d'ailleurs, d'une seule vertu,
» Durant sa vie, a fait le sacrifice...
» Ma vive ardeur lui doit cette justice ;
» Et si le Ciel m'avait fait moins hardi,
» Peut-être bien n'eût-elle point failli....
» Mais j'étais... leste... elle était ravissante!
» Pouvais-je alors la laisser innocente?
» Je succombai. L'esclave de ses yeux
» Aima si bien!... qu'hélas! il fut heureux.
» De deux amans neufs comme la nature,
» La cour apprend l'amoureuse aventure ;
» On en sourit... le roi seul ne sait rien.
» Un mois entier fut ainsi le vrai bien
» Pour un pécheur qui chérissait son crime...
» Perfide amour! tu conduis ta victime
» A tes autels par un chemin de fleurs,
» Et tes plaisirs sont des sources de pleurs!
» Clari! Clari! tu négliges tes charmes ;
» Ton cœur est mort, tes yeux sont pleins de larmes;
» En vain l'amour chez toi devient muet,
» Ta bouche humide a trahi ton secret :
» De ta pâleur on soupçonne la cause...
» Jeune bouton, tu n'es plus qu'une rose.

» *Pars ( me dit-elle )* ! *ah! sauve au moins tes jours !*
» Et loin du monde elle a fui pour toujours.
» . . . . . . . . . . . . .
» Pendant cinq ans j'ignorai sa retraite...
» Et seul en proie à ma douleur secrète,
» Le désespoir m'entraîne aux champs de Mars. [10]
» L'amour me suit au milieu des hasards;
» Aux premiers rangs il expose ma vie :
» *Meurs*, me dit-il, *ta Clari t'est ravie!*
» Je crois l'entendre, et je cherche la mort..,
» Mourir soldat ne peut être mon sort :
» Une autre gloire, après moi méconnue,
» M'attend plus tard; l'heure n'est pas venue.
» Le fer m'atteint; mais ne m'immole pas;
» Et pour jamais je renonce aux combats. [11]
» Ainsi frappé d'une double blessure,
» Mon corps languit, mon triste cœur murmure.
» De tant de maux j'ose me plaindre au Ciel...
» Hélas! pourquoi le courroux éternel
» Epargna-t-il ma plainte sacrilége?
» Mourant alors, j'eusse évité le piége
» Que me tendit, aux cris de mes amours,
» L'auteur des maux qu'on m'imputa toujours.
» Ma guérison fut enfin déclarée.
» Mon ame seule, en restant ulcérée,
» De plus en plus égarait mon esprit.
» J'errai long-temps !.. en voyage on m'apprit
» La noble fin de cette infortunée,
» Que, malgré moi, j'avais abandonnée.

3

» Le Ciel voulut que le fruit de l'amour

» Reçût la mort en recevant le jour.

» Près de son roi, Clari, bien repentante,

» Obtint ma grâce et se fit pénitente. [12]

» Veuve sans l'être, elle épousa son Dieu,

» Et devint chaste après ce dernier vœu.

» Je ne crois point qu'aucune pécheresse

» Fut plus fidèle à sa sainte promesse...

» Mais il est vrai qu'aucune, avant Clari,

» Ne s'en était tenue à son mari :

» Toutes avaient plus d'un tel compte à rendre...

» Par habitude on se laisse surprendre...

» Mais ma Clari n'ayant failli qu'un jour,

» Sut mieux au Ciel sacrifier l'amour.

» La charité fit sa béatitude :

» Elle mourut en paix et quiétude.

» Cette nouvelle anéantit mes sens...

» Dans tout mon être, en l'apprenant, je sens

» Un vague immense... un désordre effroyable...

» Le paradis me semble impénétrable...

» Dans mon cerveau mon génie à l'étroit

» Ne conçoit plus... et cependant... conçoit.

» Tous les romans de la chevalerie... [13]

» En tas confus... comme une rêverie...

» Frappent soudain mes esprits agités.

» Je me dévoue à des austérités

» Dont rien ne peut légitimer l'usage. [14]

» Puis, las enfin d'un long pélerinage,

» De Manreza j'occupe l'hôpital :

» J'y deviens fou... ( Que l'amour fait de mal ! ) [15]
» J'y vis de jeune... En vain je mortifie
» Mes sens... L'amour me condamne à la vie.
» Je lui résiste, et je cherche à mourir... [16]
» Il n'était pas encor temps de périr.
» Jérusalem me contemple et m'appelle : [17]
» Tout mon bon sens me fut rendu par elle.
» A Salamanque on me crut *prédicant*, [18]
» Et je subis l'exil d'un protestant.
» De mes péchés mériter la remise,
» Était le but de ma sainte entreprise ;
» On me bannit bientôt de toute part.
» Pélerin seul, et préchant au hasard,
» Devers Paris, dans mon prosélytisme,
» Je cours apprendre à combattre le schisme...
» De *Sainte-Barbe* encor on me bannit,
» Et *Montaigu* me chasse et me honnit. [19]
» Que faire, hélas ! après tant de tempêtes ?
» Dieu des chrétiens, est-ce toi qui m'arrêtes
» Sur cette route où je vois mon salut?
» Oui, je le crois, Dieu détournait le but
» Que me montra, sous les traits d'une amie,
» Du genre humain l'implacable ennemie. [20]


» L'hiver fuyait, le printemps de retour,
» Venait de l'homme habiter le séjour.
» Le mois des fleurs dans toute sa parure,
» Avait rendu la vie à la nature.
» L'aspect des champs engageait à les voir,

» Et tous les jours j'y respirais... Un soir
» Que vers Montmartre, en ma mélancolie, [21]
» J'étais en proie à quelque rêverie
» Qui m'agitait, m'absorbait tout entier,
» A moi s'offrit un chêne hospitalier,
» Dont les rameaux et leur jeune feuillage,
» En m'attirant, m'imposaient son ombrage.
» Un tapis vert, à ses pieds ondoyant,
» Finît le charme, et mon corps se ployant,
» Fléchit enfin sous le poids qui m'accable...
» Je m'endormis d'un sommeil agréable.
» La nuit survînt et ne m'éveilla pas.
» Sommeil trompeur, tu n'eus que trop d'appas!
» Morphée à peine avait clos ma paupière,
» Que dans un songe il rendit la lumière
» A mes deux yeux privés des feux du jour;
» Ma bouche aussi peut parler à son tour;
» Entendre, agir reste encor mon partage;
» Et de mes sens j'ai tellement l'usage,
» Tout endormi, qu'après m'être éveillé,
» Je crus long-temps n'avoir pas sommeillé.
» Ainsi goûtant ma nouvelle existence,
» Je crois marcher, je sens, je vois, j'avance :
» Au haut du mont par mon songe entraîné,
» Je vois le monde à mes pieds prosterné...
» Alors saisi d'une flatteuse ivresse,
» Sur ce coteau qui domine Lutèce
» J'admire un temple invisible au réveil,
» Mais que je vis très-bien dans mon sommeil.

» Temple odieux ! déguisé sous des charmes,
» Dont Rome un jour... ( O mortelles alarmes ! )
» Devait m'offrir l'horrible original,
» Et la déesse auteur de tant de mal.
» Telle était donc l'infidèle copie
» De ce palais habité par l'impie :
» Simple avec art, dans son magique aspect,
» Sa forme antique inspire le respect.
» D'un escalier cent marches circulaires
» Ont exhaussé huit colonnes altières ;
» Et sur chacune au loin brille un fanal,
» Qui semble là pour servir de signal
» Aux yeux à qui sa lumière est propice.
» Dans le milieu s'élève l'édifice.
» Son mur d'airain est fondu d'un seul jet,
» Et s'arrondit en un cercle parfait...
» Point d'ornemens... Il a pour couverture
» Un vaste roc placé par la nature.
» L'énormité fait sa seule splendeur.
» Du monument tel est l'extérieur.
» Un lourd beffroi s'agite sur la pierre,
» Pour annoncer l'heure de la prière ;
» Puis tout se tait... De sinistres oiseaux
» Annoncent seuls l'asile des tombeaux.
» N'a-t-il pas l'air du gîte de l'apôtre ?
» Par une porte on entre, on sort par l'autre.
» Tout est ouvert : j'avance en liberté
» Dans ce séjour cru de la piété.
» Sur moi soudain se referme l'entrée...

» La nuit a fui : sous la voûte éthérée
» Je me retrouve, et l'air même est plus pur.
» Tout est en fleurs; le ciel est tout d'azur.
» Sous cette roche est le jardin du monde;
» Les divers fruits dont l'univers abonde,
» Tous ses trésors s'y trouvent rassemblés,
» Et tous mes vœux peuvent être comblés....
» Du paradis plutôt je vois l'image;
» *Mon Dieu* le veut, l'Eden est mon partage... »
» Insensé!! crains!.. oui, crains, nouveau pécheur,
» Que le serpent ne naisse sous la fleur !
» Plus je m'avance et plus mes yeux admirent;
» Mais au milieu des charmes qui m'attirent,
» Un autre charme a frappé mes regards :
» C'est une femme; à ses cheveux épars
» On la prendrait pour sainte Magdeleine.
» Sa taille noble est celle d'une reine.
» Rien n'est pareil à sa jeune beauté;
» Sa grâce égale au moins sa majesté.
» Une tunique infiniment légère,
» Lui suffisait dans ce lieu solitaire.
» En admirant ses attraits presque nus
» Quelque profane aurait dit : *C'est Vénus!*
» Moi je la pris, de loin, pour une vierge.
» Dans chaque main elle tenait un cierge.
› Près d'un autel elle était à genoux...
» Jose approcher... *Ah!* ( dit-elle ) *c'est vous !*
» *Depuis long-temps vous me faites attendre!...*
» *Mais te voici; qu'ai-je encore à prétendre?*

» A cette voix tout mon corps a frémi...
» *Quoi! mon aspect fait trembler mon ami!*
» Et me montrant son céleste visage,
» De ma Clari je reconnais l'image...
» Dans mon délire et mon étonnement,
» J'allais peut-être à ce ravissement
» M'abandonner et m'oublier encor :
» On est de chair près de ce qu'on adore;
» Vingt ans de plus, nonobstant ma ferveur,
» N'avaient du page assez éteint l'ardeur....
» Observez bien, d'ailleurs, que dans mon songe
» J'avais repris, grâce au plus doux mensonge,
» L'habit du page et ses dix-huit printemps :
» Je n'avais plus mes quarante-trois ans...
» *Arrête, Ignace!* ( a dit l'enchanteresse);
» *Respecte enfin l'ombre de ta maîtresse.*
» *Depuis ma mort en ce lieu je t'attends,*
» *Et ce n'est point pour des soupirs galans*
» *Qu'ici vers toi tu me vois descendue.*
» *Si dans les cieux ta Clari fut élue,*
» *Malgré ma faute, et malgré ton péché,*
» *Je n'en fus pas quitte à fort bon marché :*
» *Il m'en coûta pour être au rang des neuves!*
» *Tu dois passer par les mêmes épreuves,*
» *Ou te vouer aux plus hardis travaux.*
» *Tu vas me suivre au séjour des tombeaux :*
» *Là tu sauras, voyant ta destinée,*
» *Par quel motif je ne suis pas damnée.*
» *Viens !..* A ces mots, me tirant par le bras,

» Elle m'oblige à suivre au loin ses pas...

» Mais, chut!.. voici l'heure du purgatoire....
» A demain donc la fin de mon histoire,
» Ou de mon songe : il est intéressant ;
» Et vous verrez que je fus innocent, [23]
» Bien qu'à bon droit ma jeunesse permette
» A Gabriel de me laver la tête.
» Si, pour la forme, il faut un peu *rôtir*,
» Du purgatoire on me verra sortir. »

Ici le saint suspendit sa harangue....
Ma muse et moi nous perdîmes la langue :
Ignace doit nous la rendre demain...
Ce ne sera que dans le chant prochain.

FIN DU PREMIER CHANT.

# NOTES

## DU PREMIER CHANT.

---

1. En parlant des *jésuites*,

.... Il suffit, pour flétrir leur mémoire,
Des moindres traits de leur horrible histoire.

Que le lecteur se donne la peine d'y rechercher les justes motifs de l'une des 37, 38 ou 39 expulsions subies par *ces messieurs* dans tout l'univers, et nous nous flattons que ces deux vers seront complètement justifiés à ses yeux.

2. . . . . . . . le joug oppresseur
D'une censure injuste et ténébreuse.

Avec quelle indulgence est ici traitée cette honteuse ennemie des arts et des lumières, depuis qu'elle est *entretenue* par des ignorans et des vandales... Le mal gratuit qu'elle a fait à l'auteur, en l'abreuvant d'amertume, en le forçant d'abandonner sa carrière dramatique, par la proscription de tous ses nombreux ouvrages, reçus avec intérêt à plusieurs théâtres, méritait sans doute une récrimination plus sanglante... mais un coup de fouet plus solidement appliqué, et par conséquent plus convenable, aurait arrêté la plume du poète et fait languir le début de son poème. Nous renvoyons le lecteur à la préface de Cornélie, *si justement* mise à l'index par nos coupeurs *jésuitiques*.

3. *La France est libre et l'Europe t'écoute.*

Il est heureux que cette même censure ne soit pas compétente à l'égard de ce poème. Si elle en avait la faculté comme le désir, elle frapperait d'hérésie un ouvrage assez libéral, pour essayer de *venger le saint Evangile* de la perfidie audacieuse d'une société sacrilége, qui ose se dire *de Jésus*. Mais les nouveaux droits des Français leur permettent de la maudire aux yeux de l'Europe civilisée, comme à ceux du monde entier.

4. Ce fut, dit-on, le page d'un monarque,
Etc. . . . . . . . . . . . . .
Qui . . . . . . . . . . . . . .
... De nos *boues* se fit le fondateur.

Historique. Ignace de Loyola *fut élevé à la cour de Ferdinand V auquel il s'attacha en qualité de page. Sa conduite n'était guère édifiante; il ne pensait qu'à la galanterie et au plaisir.* (Vies des Pères, des Martyrs, etc. )

5. Qu'au *Biscayen* je conteste sa gloire,

Notre page est né en 1491, dans la Biscaye espagnole, au château de Loyola, fief appartenant à sa famille.

6. . . . . . La DISCORDE fatale
Fonda par lui cette secte infernale.

Cette heureuse fiction du poète nous paraît un véritable hommage rendu à la mémoire et aux bonnes intentions de saint Ignace. N'est-ce pas en effet montrer une grande prédilection ( si ce n'est une indulgente admiration ) pour ce fondateur du *jésuitisme*, que de mettre sur le compte de la Discorde une inspiration si funeste; que d'attribuer à elle seule le souffle empoisonné qui flétrît tant de vertus et corrobora tant de crimes sur la terre? Ainsi la béatitude n'est pas plus contestée au seigneur de Loyola *trompé*, que la damnation éternelle à ses disciples *trompeurs*.

(Ce sont les mânes d'Ignace qui se font entendre au poète depuis un moment. )

### 7. J'étais superbe, ardent comme mon âge.

Historique. *Ignace était bien fait; il donna dès son enfance des preuves d'une grande vivacité d'esprit. On remarquait en lui beaucoup de penchant à la colère, et surtout une passion ardente pour la gloire.* ( Vies des Pères. ) Nous avons vu tout à l'heure *qu'il ne pensait,* aussi, *qu'à la galanterie et aux plaisirs.*

Lorsqu'il était militaire, et.... pendant les quartiers d'été et d'hiver ( dit un autre historien ), il se délassait des travaux de Mars entre les bras de Vénus.

### 8. . . . . . . Alors vivait Clari, Princesse auguste, etc.

L'auteur de notre poème n'*alloue* qu'une seule maîtresse au jeune, bouillant et libertin page de Ferdinand le catholique; les personnes les plus scrupuleuses doivent lui savoir gré de cet *évangélique* ménagement. Il est vrai qu'à l'exemple de la fable au sujet d'Hercule, il a réuni tous les exploits du saint épicurien sur une seule tête. Nécessairement alors cette imaginaire Clari, objet unique ou point central de toutes les émotions tendres et vives d'un beau garçon de 18 ans, devait être une merveille, par sa beauté, sa jeunesse et même sa naissance, comme par sa fin glorieuse. Telle est l'idée qu'on doit en avoir. Crierait-on à l'inconvenance de ce qu'on en fait une princesse? Ce serait un enfantillage déplacé. Il n'est point écrit que Clari fut *aucunement* du sang royal espagnol.... *honni soit*, etc. Son nom même ferait présumer que Son Altesse était étrangère. Ce qu'il y a de sûr seulement, c'est que la charmante Clari vit soigner son éducation à la cour d'Isabelle. Au surplus, pourquoi voudrait-on qu'Ignace, à moins de vingt ans, eût été plus délicat, ou moins sensible, chez le prédécesseur de Charles-Quint, que Voltaire, en ayant plus de quarante, à la cour du grand Frédéric? Eh! d'ailleurs, que de grandes et nobles dames ne dédaigneraient pas de commencer par être *faibles* comme la princesse **Clari**, si Dieu leur laissait l'espoir de finir par être *fortes* comme elle.

> 9. Bouche céleste, où le tendre sourire
> Laisse admirer deux petits arcs d'émail,
> Entre lesquels tremble un dard de corail, etc.

Quelques personnes un peu trop scrupuleuses, pourront reprocher à notre poète d'avoir mis cette peinture lassive dans la bouche d'Ignace; mais nous les prions de considérer que c'est *le général des jésuites* qui parle, et que de tout temps *ces messieurs* ne se sont guère gênés sur de telles matières. Il faut lire à ce sujet l'ÉLOGE DE LA PUDEUR, du *P. le Moine*, *où il est montré*, rapporte Pascal, *que toutes les belles choses sont rouges, ou sujettes à rougir.... Il dit donc à chaque stance* ( de son ode *pour consoler une dame, qu'il appelle Delphine, de ce qu'elle rougissait souvent...*), *que quelques-unes des choses les plus estimées sont rouges, comme les roses, les grenades,* LA BOUCHE, LA LANGUE, *etc.* **A** la lecture de *ces galanteries honteuses à un religieux*, quelqu'un trouvera-t-il encore le vénérable centenaire *Candidalma* bien répréhensible de *relâcher* un peu les discours galans de l'ancien *page* de la cour voluptueuse de Castille ?

( C'est toujours l'ombre du jeune page qui parle. )

10. Le désespoir m'entraîne aux champs de Mars.

Tous les historiens du fondateur de la compagnie *dite* de Jésus, Gonzalès ou Gonzalvo, Ribadenéïra, Maffée, Bartoli, Bouhours, Bollandus, Pinius et autres s'accordent tous à dire, comme le *Recueil des vies des Saints, par Baillet, que le jeune page s'ennuya bientôt du séjour de la cour;* mais ils ne nous parlent pas du besoin forcé qu'il eut de s'en éloigner. Notre poète ne laisse rien à désirer à cet égard. *Le désespoir* dont il s'agit nous paraît d'autant plus naturel et probable, qu'il motivera plus tard les extravagances, les mortifications, le jeune outré, *les signes d'aliénation mentale*, en un mot les remords de notre pélerin, pendant les premières années de sa vie. Ce furent donc ses aventures galantes, plutôt que ses goûts, qui le jetèrent si brusquement dans la carrière des armes.

11. Le fer m'atteint, mais ne m'immole pas;
Et pour jamais je renonce aux combats.

*Le fer m'atteint...* Les poètes ont leurs licences, et l'on dit que cela doit être; mais ce n'est point par *le fer* ou l'arme blanche que fut blessé notre faiseur de *Pâques avant Rameaux*, ce fut par *une pierre* et par *un boulet de canon* au siége de Pampelune. La première lui frappa la jambe gauche, et le second lui cassa la droite. Ce double accident et ses suites ne le dégoûtèrent pas moins d'un métier si périlleux; il renonça pour toujours à la guerre, et *lut des romans.*

12. Près de son roi, Clari, bien repentante,
Obtint ma grâce et se fit pénitente.

Ceci est plus que probable: le fils de *dom Bertram* servant dans l'armée du roi d'Espagne, devait être grâcié de *ses peccadilles*, et la dame de ses pensées, née à la cour de Castille, ne pouvait pas avoir une fin moins édifiante que M<sup>lle</sup> de Lafayette, plus tard, à la cour la plus relâchée de l'Europe.

13. Tous les romans de la chevalerie...
Etc. . . . . . . . . . . . .

Nous avons déjà dit, et nous répétons avec l'histoire, que l'amant de Clari s'était jeté à corps perdu dans la lecture des romans; il préférait ceux de chevalerie. De là cette vie religieuse errante qu'il mena pendant quelque temps.

14. Je me dévoue à des austérités
Dont rien ne peut légitimer l'usage.

*Il fut agité par mille craintes intérieures.... Pour obtenir plus sûrement le secours du Ciel* ( ou le pardon de ses péchés ), *il passa sept jours sans prendre aucune nourriture, et il aurait poussé son jeûne encore plus loin, si son confesseur ne l'en eût empêché!... Il se donnait trois fois par jour la discipline... il mangeait* ( *le dimanche seulement* ) *des herbes cuites, auxquelles il mêlait de la cendre; il ceignait ses reins d'une chaîne de fer, etc.* ( Vies des Pères. ) Rien au monde, ni au ciel, peut-il autoriser de semblables grimaces? Non sans doute; mais elles se conçoivent chez un homme détraqué, *qui a voulu se jeter par une fenêtre.*

15. De Manreza j'occupe l'hôpital ;
J'y deviens fou.... ( Que l'amour fait de mal ! )

Historique encore. C'est à Manreza qu'il se livrait à ces austérités ridicules, et que le souvenir de son malheureux amour lui fit perdre un moment la tête.

16. Je lui résiste, et je cherche à mourir.

Rien n'est plus véritable : l'amour le harcelait à tel point ( dit toujours l'histoire ) qu'*il était sans cesse distrait par une inclination secrète qu'il se sentait pour une dame de la cour de Castille; il s'occupait à ce sujet de mille pensées ambitieuses.* Cette grande dame est probablement la *princesse Clari* de notre poète.

17. Jérusalem me contemple et m'appelle :

Historique.

18. A Salamanque on me crut *prédicant*,
Et je subis l'exil d'un protestant.

Après que *le grand-vicaire de cette cité l'eût eu retenu vingt-deux jonrs en prison, sur la crainte qu'il n'introduisît des pratiques dangereuses.* ( Vies des Pères.)

19. De *Sainte-Barbe* encore on me bannit,
Et *Montaigu* me chasse et me honnit.

Historique. *Il fut chassé de ces deux colléges pour sa manie de prosélytisme monacal.* ( M. de Pradt. )

20. Que me montra, sous les traits d'une amie,
Du genre humain l'implacable ennemie.

Nous croyons devoir revenir sur cette heureuse fiction du poète. Nous savons fort bien que l'histoire dit que le chevalier errant de Loyala *crut voir en songe la Ste-Vierge, tenant l'enfant Jésus entre ses bras, et tout environnée de lumière.* Mais qui peut nous assurer que cette vision se passa réellement ainsi, ou qu'elle ne fut pas trompeuse? Est-ce un article de foi? Non sans doute. N'est-il pas plus raisonnable de penser, avec l'auteur de l'Evangile vengé, que *la discorde* seule a pu *souffler le jésuitisme* à son aveugle fondateur. La reine des anges, la mère du Sauveur des hommes ne peut avoir été le génie du mal sur la terre. Le croire est une insigne impiété!.. Avoir voulu le persuader au peuple crédule et religieux, est le comble du sacrilége. La vision imaginée par notre vénérable ami, décèle au contraire la pensée d'un bon chrétien-catholique, et le frontispice de son ouvrage nous paraît aussi louable qu'ingénieux. Il était temps de dissuader tout le monde de cette indécente imposture, que la divine mère d'un Dieu de charité pouvait avoir inspiré le *jésuitisme..* Non! cette création infernale de l'enfer moderne a été soufflée par une déité païenne, chassée du ciel par les dieux profanes... par la Discorde. Il doit en résulter nécessairement que les *jésuites* brûleront, à perpétuité, dans tous les enfers possibles, comme ayant trompé, trahi tous les cultes, et Dieu lui-même.

21. . . . . . . . . Un soir
Que vers Montmartre, etc.

Le poète fait ici allusion au jour qui fut choisi par Ignace pour la consécration de ses six compagnons et lui, dans la chapelle souterraine de Montmartre; mémorable jour! qui reluira dans le troisième chant!

22. *Mon Dieu* le veut, l'Eden est mon partage...
Etc. . . . . . . . . . . . .

Le poète poursuit toujours son idée d'*innocenter* Ignace de tous les abus du *jésuitisme*, en ne lui donnant que les vues propres à mériter le paradis.... Mais la *Discorde* cache à ses yeux *le serpent sous des fleurs*.

23. **Et vous verrez que je fus innocent.**

Nous sommes de son avis, comme l'auteur du poème; mais nous ne saurions désapprouver que ce dernier lui fasse subir quelques heures, et même quelques jours de purgatoire. Est-il si parfaite créature humaine qui, à son passage de ce monde dans l'autre, soit digne d'être exempte de cette épuration préliminaire?

*Errata.* A la page 31, dernier vers, au lieu de
. . . . . Sous la gaze d'*albâtre*
Lisez:
. . . . . Sous la gaze folâtre

# CHANT DEUXIÈME.

# ARGUMENT.

Préambule; curiosité du poète. — Ignace poursuit son récit... ( c'est-à-dire son ombre. ) — Il descend, attiré par la fausse Clari, dans l'asile des tombeaux : description de ce séjour par l'ombre de cette princesse prétendue, qui feint de faire connaître à l'aveugle page en quel lieu elle l'a conduit. — Inspiration du *jésuitisme;* serment du pécheur de Loyola. — Développement succinct et principales bases de *la société dite de Jésus.* — Dernier moyen employé par la magicienne pour déterminer le jeune seigneur d'Ognez, pressé de faire son salut par le souvenir de ses péchés. — Le voyant décidé, elle lui fait un prompt adieu, et part pour Rome; par quel chemin. — Réveil d'Iguace. — Finale du deuxième chant.

# CHANT DEUXIÈME.

Désir *de fille est un feu qui dévore!*
A dit Gresset; le mien *est pis encore!*
Et, sans dormir depuis hier au soir,
Je suis *brûlé* du désir de savoir
Comment Ignace et son *enchanteresse,*
Ou, comme il dit, l'ombre de sa princesse,
Se conduiront l'un vivant, l'autre mort.
Car tout ceci me paraît un peu fort...
Bah!.. pourquoi donc?.. en effet, c'est un rêve;
Pour en juger, attendons qu'il s'achève.
Illusion n'est pas réalité...
Mais plus d'un songe a dit la vérité.
Quoi qu'il en soit, grillant d'impatience,
Je ne veux pas que le jour recommence
Plutôt que moi : je me lève; il fait jour
A mon bureau; je m'y place à mon tour :
Je suis déjà, les yeux sur l'écritoire,
La plume en main, l'oreille en auditoire,
Prêt à rimer, de ma muse escorté,
Lorsque le saint reprend à mon côté :

« Fort bien!.. c'est moi. *La séance* est finie;
Et je reviens à mon mauvais génie.

» Nous cheminons tous deux vers les tombeaux.

» Clari, mon guide, agite ses flambeaux;

» Car pour aller dans les royaumes sombres,

» C'est nécessaire; il fait nuit chez les ombres.

» Nous arrivons, de détour en détour,

» De chute en chute, au plus obscur séjour.

» Au fond de l'antre une lampe isolée

» Sous elle éclaire un vaste mausolée,

» Sans étaler sa flamme aux environs;

» Mais sa clarté, divisée en rayons,

» Sur ce tombeau dessine l'auréole

» De quelque saint, ou d'un dieu le symbole.

» Sur les côtés douze autres monumens,

» En tout pareils, mais plus simples, moins grands,

» En demi-lune, occupent la surface

» Du premier plan. Par-delà leur fait face,

» Sur l'autre cercle, un autel, où l'encens

» Fume sans cesse et pénètre mes sens.

» C'est dans ce lieu de mort et de mystère

» Que me transporte en songe UNE MÉGÈRE....

» J'ai mes raisons pour la traiter ainsi....

» Mais attendez que tout soit éclairci;

» Et vous verrez avec quel artifice

» L'hypocrisie, en colorant le vice,

» Sait, à propos, sous un masque pieux,

» Faire trafic des intérêts des cieux.

» Voici comment le démon des cabales

» Me fit *soufrer* les torches infernales,

» En me montrant les flambeaux de l'élu...

» Aussi le crime est né de la vertu. [1]
» Arrivés donc à la sainte chapelle,
» Tous deux épris d'une ferveur nouvelle,
» Mon guide et moi nous tombons à genoux....
» Clari s'habille, et ses yeux sont moins doux ;
» D'un voile noir la perfide se couvre :
» Puis devant nous de ses mains elle entr'ouvre
» Le tabernacle, ou le sein de l'autel,
» En sort un livre, et d'un ton solennel
» Lit ce qui suit.... ( Serment épouvantable
» Que je prêtai pour me sauver du diable. ) »

» *Ignace, moi, de Loyola pécheur,*
» *Enfant perdu, page fornicateur,* [2]
» *Maudit de Dieu, de ses bontés indigne,*
» *Pour aspirer à sa clémence insigne,*
» *Et pour ne point rôtir dans les enfers,*
» *Je jure au ciel d'éclairer l'univers,*
» *Et de régir les affaires du monde,*
» *Selon les lois, la sagesse profonde*
» *De Jésus-Christ, que dicteront ici*
» *Les restes saints de ma chère Clari,* [3]

» A ce discours que ma bouche répète,
» Nous nous levons. Une main sur ma tête,
» Et me montrant de l'autre les tombeaux,
» La pythonisse articule ces mots :
» ( Si j'y fus pris, l'ame la plus chrétienne
» S'y fût laissé prendre comme la mienne.)

» Page trop tendre, autrefois mon amant,
» Je dois, avant de te faire connaître
» A quoi t'engage un semblable serment,
» Et le devoir que ton souverain maître
» Vient t'imposer à l'instant par ma voix,
» Te pénétrer de tout ce que tu vois.
» Je t'ai conduit dans une basilique :
» Du saint sépulcre est ici la relique;
» Les douze cœurs des apôtres sont là....
» Tu vas du Christ fonder la république
» Sur tout le globe.... Ecoute, Loyola :
» Ce livre saint, extrait de l'Evangile,
» Que Dieu daigna confier à ma foi,
» Quand il reçut mon ame en cet asile,
» Contient son ordre et sa suprême loi. 4
» Pour t'épargner la peine de les lire,
» Ma bouche va dans ton cœur les inscrire. .
» Elle en connaît le chemin que je croi!.
» Sois attentif... médite... apprends de moi
» L'art d'établir l'utile et GRAND EMPIRE,
» Qui veut pour chef un pécheur tel que toi.
» Laisse au dehors déborder ton génie;
» Ouvre les yeux, vois le monde et le temps :
» Juge ton siècle, et, si tu le comprends,
» Tu concevras que tu lui dois ta vie,
» Au nom du ciel et du fils de Marie.
» Regarde : là, ce sont les protestans
» Émancipés du pouvoir des Saints-Pères,
» Qui de l'église ont méconnu les droits.

» Observe encor : là, ce sont les lumières
» Menaçant tout, les autels et les rois...
» Les rois!.. de Rome esclaves nécessaires ![6]
» Deux ennemis sont armés, tu le vois :
» Va les combattre, et sauve du naufrage
» La politique et la religion.
» Du Dieu vivant écoute la leçon,
» Afin d'unir la prudence au courage,
» Et que l'espoir ne te quitte jamais.[7]
» Au Vatican, comme au sein des palais,
» Pénètre et parle : ose convaincre Rome
» Que sans l'appui de nouveaux protecteurs,
» Son demi-dieu, par les réformateurs,
» Est menacé de n'être plus qu'un homme.
» Le monachisme est nul, décrédité :
» Luther triomphe avec impunité;
» Et de Calvin la secte est estimée.
» Par Henri huit l'église est opprimée;
» Vingt autres rois servent l'impiété....
» Offre au Pontife une nouvelle armée,
» Qui, par toi seul secrètement formée,
» En couvrira l'infaillibilité,
» Au spirituel, des glaives de la terre,
» Au temporel, des armes du tonnerre.[8]
» Vole à Madrid; à son despote dis :
» *L'esprit humain s'éclaire et se réveille,*[9]
» *En philosophe il cherche un paradis*
» *Qui n'est ouvert qu'à l'homme qui sommeille,*
» *Si son flambeau n'est pas éteint presto,*

» *A tous les yeux sa clarté s'en va dire,*

» *( Des droits de tous tuant l'incognito)*,

» *Qu'à l'esclavage il ne faut plus souscrire...*

» *Adieu le trône, ou plus del rey solo;*

» *Plus de prestige!.. Et vous verrez, beau sire,*

» *Dans votre cour la cœur du roi Pétaud.*

» *Pour vous sauver il faut,* ex abrupto,

» *Vous allier à mon naissant empire.*


» Rome et *le More* entendront ce discours. [10]

» Rassemble donc, sous tes humbles bannières,

» Des sectateurs, des *fervens* volontaires,

» Et hâte-toi de fonder le secours

» Qu'attend de toi l'église catholique.

» Sur ce secours faut-il que je m'explique?

» Va des chrétiens propager les vertus,

» D'un pôle à l'autre; annonce tes phalanges

» Sous l'étendard et le nom de *Jésus;* [11]

» Dans l'univers cours recruter des anges.

» Au *jésuitisme* enfin donne l'essor.

» Mais irais-tu, le traînant sur la trace

» D'ordres usés dont le monde se lasse,

» Pour la *paresse* édifier encor

» Un corps sans ame, un autre ordre semblable?

» Non, non; n'en prends que les principaux traits;

» Crée un ouvrage unique, formidable,

» Et dont la base assure les succès... [12]

» Des autels seuls ne naîtra pas l'empire

» Que tes croyans ont besoin d'exercer

» Sur tout le monde ; ainsi tu dois penser

» Que la prière est bien loin de suffire

» A ton pouvoir... Il doit être absolu,

» Et, protecteur de l'autel et des trônes,

» Disposer même, *à l'envi*, des couronnes,[13]

» En surpassant leur puissance... Entends-tu?

» Comme une arène envisage le monde,

» Où tu t'en vas, athlète vigoureux,

» Lutter sans fin, à l'orage qui gronde

» Offrir sans cesse un front victorieux.

» Lève ce corps, deviens son chef suprême,

» Et d'un pouvoir sans bornes revêts-toi.

» Prends tes soldats partout, chez tous, et même

» Des affidés, sans consulter leur foi. [14]

» Jette les yeux sur les craintes crédules

» De tous les rangs, sur les ambitions

» De tous les lieux. Tes conciliabules,

» Chez les tyrans et chez les nations,

» Te fourniront des yeux et des oreilles,

» Des éclaireurs et des mains au besoin,

» Ainsi partout.[15] A cet utile soin

» Tu dois songer. Sur l'univers tu veilles ;

» De l'univers sache tous les secrets.

» Classons un peu tes serviteurs discrets :[16]

» Que des autels les *simples* aient la garde ;

» Qu'avec respect le peuple les regarde,

» Édifié de leur zèle pieux.

» Que les *profès* aillent remplir les chaires,

» Pour le profane et le religieux,

» En surpassant les savans en lumières.

» Plaçons les *fins* à l'oreille des grands,

» Comme assesseurs du pouvoir qu'ils dirigent.

» Donnons aux *forts*, dans la foi qu'ils infligent,

» Les *missions :* qu'ils soient les conquérans

» Des régions tout-à-fait inconnues;

» Et que l'Europe et la religion,

» Qui de tes mains vont les avoir reçues,

» Te nomment saint et bénissent ton nom.

» Ce vaste plan, son exécution,

» Je sais le voir, exaltent ton génie...

» Prends tes moyens, et ne t'embarque pas,

» Avant d'avoir assujetti les mâts,

» Le gouvernail, l'*armature* infinie

» De ton vaisseau... Beau page, écoute-moi.

» En te disant : *De l'univers sois roi!*

» Dieu sait fort bien qu'il t'expose au naufrage.

» Ta cour devient une mer sans rivage;

» En y voguant tu n'en peux plus sortir :

» Jeune, apprends donc l'art de t'y maintenir.

» *Il re netto*, dans la force du terme,

» Voilà ton nom, celui de ton pouvoir,

» Irrésistible, unique, et toujours ferme,

» Quand tes sujets doivent clairement voir,

» Que résister est la chose impossible,

» Et, mieux encore, un fait toujours nuisible."

» En les faisant, interprète tes lois,

» Et ne crains point d'être juge et partie...

» Voilà l'esprit propre à ta monarchie : [18]

» Point d'*embarras* avec de pareils droits.
» Que tes servans, esclaves de ton choix,
» Portent leurs fers sans pouvoir s'en démettre :
» Mais fonde en eux les moyens purgatifs,
» Auxquels tu dois toi-même te soumettre.
» Sur le secret base ces correctifs ;
» Le corps entier pourra changer de maître,
» S'en séparer comme d'un membre obscur, [19]
» Par des raisons couvertes du mystère.
» Cette équité qui surprend le vulgaire,
» Prévient le schisme, et l'empire est plus sûr...
» Le *jésuitisme* en paraîtra plus pur,
» Plus gigantesque. Il faut que sa morale
» Soit cependant flexible, et gêne peu : [20]
» Tu devras donc admettre, sans scandale,
» Selon les mœurs, les peuples, ou le lieu,
» Des doubles sens, *des sens épuratoires*,
» Tels que *détours, pensers consolatoires*,
» *Amendemens, pures intentions*,
» *Chaleur de zèle, alarmes synodales*,
» *Louable but, restrictions mentales*..
» *Et cœtera...* car ces *directions*
» Loin d'alarmer, d'attiédir l'abstinence,
» Mettront à l'aise : ainsi la conscience
» Ne sera pas constamment en prison ;
» Elle agira plus au large, et sans crainte...
» Aucun remords, nulle timide plainte
» N'empêchera qu'elle ait une raison,
» Pour avoir fait telle ou telle action...

» De tes ressorts tels seront les mobiles ;

» Il faut cela. Choisir des gens habiles,

» Devra donc être, à perpétuité,

» L'*utile soin* de *la société.* [21]

» D'un esprit souple et du don de séduire,

» Qu'ainsi que toi tout membre soit pourvu,

» Et je réponds du succès de l'empire.

» Tu dois comprendre, à présent, la *vertu*

» Et les *moyens* que le Ciel te suppose,

» Pour te juger digne de le servir.

» En refusant de défendre sa cause,

» Dans les enfers tu m'enverrais rôtir ; [22]

» Si tu la sers, je ne suis plus damnée,

» Et ton destin suivra ma destinée.

» Ainsi choisis : le grand mot est lâché.

» Par ton refus, les fournaises cruelles

» Vont s'allumer. Des palmes immortelles,

» Si tu les veux, malgré notre péché,

» Nous raviront aux flammes éternelles....

» Je t'en préviens de la part du vrai Dieu. [23]

» Décide-toi... Mais ton regard s'enflamme ;

» Avec la mienne, allons, sauve ton ame !

» Nous nous verrons à Rome un jour... Adieu !


» Elle dit, part.... Un grand coup de tonnerre

» A, sous ses pieds, fait entr'ouvrir la terre ;

» Elle est bien loin ! Sans doute un tel chemin

» La conduisit dans le pays romain...

» ( Nous verrons çà. ) Pour courir après elle,

» Et l'assurer de l'ardeur de mon zèle,
» Je fis sans doute un effort singulier ;
» Car revoyant le chêne hospitalier,
» Qui me prêtait l'abri de son feuillage
» Contre l'assaut d'un humide nuage,
» Je reconnus que j'avais sommeillé,
» Puisqu'en effet je m'étais réveillé. »

L'ombre se tut ; c'était pour prendre haleine,
Probablement ; on le croira sans peine.
Je ne ferai pas mal d'en faire autant :
Allons attendre Ignace à l'autre chant...
Mais, avant tout, il faut que je te dise
Que je crains fort de faire une sottise,
Mon cher lecteur, en laissant *Loyola*
Te raconter ainsi ce qu'il voudra...
Car le bon saint sera-t-il assez gauche,
Pour convenir qu'il fit quelque *brioche*, [24]
S'il fut de chair une seconde fois?
Hé! pourquoi pas? Avouer sa faiblesse
Est, chez un saint, pure délicatesse,
Non gaucherie ; il ne mentira point :
Les vrais dévots sont ferrés sur ce point.
— Oui ; mais bientôt il deviendra *jésuite*,
Et son devoir sera d'être hypocrite...
— C'est ma foi vrai : jamais de tels judas
N'ont dit tout haut ce qu'ils pensent tout bas....
*Je suis dedans*...... Mais qu'ai-je dit? Ignace
N'est plus qu'une ame, et Dieu lui fait la grâce

De l'épurer une fois tous les jours :
Puisqu'elle parle, en ses moindres discours
Nous devons tous voir la vérité pure.
Dans l'autre vie il n'est point d'imposture,
Et tout *jésuite*, après le grand adieu,
N'est plus un fourbe... il tremble devant Dieu !
Je suis tranquille... — Une autre chose encore
Pourtant m'occupe : au lever de l'aurore,
Le page élu poursuivra son récit...
Qu'aurai-je à dire après tout ce qu'il dit ?
Rien.... C'est égal ; il faut le laisser faire,
Et, s'il s'arrête, alors mon ministère
Commencera. Des *jésuites* vivans
J'inspecterai les modernes couvens.
Laissons Ignace à leurs crimes antiques
Administrer ses justes philippiques.
Deux chants encor suffiront à sa voix.
Muse, dans peu nous reprendrons nos droits.
De Saint-Acheul, de Mont-Rouge et de Rome,
Tous les mouchards, nés pour dégrader l'homme,
Par leurs forfaits vont être enfin connus :
Tous sont masqués, je veux les montrer nus.


FIN DU CHANT DEUXIÈME.

# NOTES

## DU CHANT DEUXIÈME.

———◦———

1. L'OMBRE du saint continue son récit :

**Aussi le crime est né de la vertu.**

dit-elle en faisant allusion au *jésuitisme*. On reconnaît encore dans ce vers le soin que prend le poète de justifier le seigneur de Loyola et d'Ognez.

2. **Enfant perdu, page *fornicateur*.**

Il ne faut pas que les oreilles délicates de nos jours se formalisent ou s'effarouchent de ce dernier *adjectif :* cette expression, consacrée par l'Ecriture et dans tous les livres saints, n'a point encore été remplacée ; d'ailleurs, la Discorde a dû l'employer dans le serment qu'elle fait prêter à l'amant égaré qu'elle abuse, pour mieux le tromper.

3. **Selon les lois, la sagesse profonde**
**De *Jésus-Christ*, que dicteront ici**
**Les restes saints de ma chère Clari.**

De même on aurait tort de se récrier en voyant ici l'ennemie du genre humain mêler le sacré au profane. Elle est dans son sujet, et doit ne rien négliger pour persuader au page pécheur que le grand œuvre qu'il va entreprendre, est de nature, non-seulement à lui mériter son salut, mais à le sanctifier même... Quelle horrible perfidie ! la Discorde seule est capable de jouer un pareil tour.

4. Ce livre saint, extrait de l'Evangile,

Etc. . . . . . . . . . . . .

Contient son ordre et sa suprême loi.

Dit la fausse Clari, en parlant de Dieu : on voit sur quelles bases respectables elle veut faire jeter l'édifice fatal dont Ignace doit être l'imprudent, mais non coupable architecte.

5. Juge ton siècle, et, si tu le comprends,

Tu concevras que tu lui dois ta vie,

Au nom du ciel et du fils de Marie.

Toujours la *perfide* couvre ses insinuations désastreuses du manteau céleste. Un *jésuite* n'est pas pire que cette Discorde.

6. . . . . Là, ce sont les lumières

Menaçant tout, les autels et les rois...

Les rois!... de Rome esclaves nécessaires.

Toute la théorie du méticuleux M. de Bonald, toute la doctrine de l'implacable abbé de La Mennais, sont renfermées dans ces vers, ceux qui précèdent et ceux qui suivent. Ces deux messieurs seraient-ils en rapport magnétique avec la Discorde?

7. Et que l'espoir ne te quitte jamais.

Il faut l'avouer, c'est cette espérance tenace qui a fait la grandeur primitive du *jésuitisme*, quand il n'avait pour antécédent que l'innocence des intentions de son fondateur; mais aujourd'hui qu'il est précédé, couvert et suivi de tous les vices et de tous les crimes, sa persévérance n'est pas moins une *impiété dérisoire* qu'une audace effrénée.

8. Le *brouillon femelle* annonce au *page inspiré*, dont elle trompe la religion, que l'armée secrète qu'il va lever, couvrira l'*infaillibilité* du Pape,

*Au spirituel*, des glaives de la terre ,
*Au temporel*, des armes du tonnerre.

Quel sanguinaire amalgame ! voilà bien du *jésuitisme*
tout pur ! ce mélange *du spirituel et du temporel*, au profit
de la puissance de Rome, et au détriment des gouverne-
mens et des peuples, est l'esprit tout entier de ce fleau dé-
sorganisateur , le mobile unique de cette *machine infer-*
*nale*.

9. Vole à Madrid ; à son despote dis :

*L'esprit humain s'éclaire et se réveelle* ,
Etc. . . . . . . . . . .

Maximes du jour des mêmes hommes, renouvelées des
Grecs, ou plutôt *des Turcs*, pour épouvanter les rois et enchaîner les peuples ; comme si la liberté des uns, fruit
mûr de la civilisation, ne faisait pas la force et par conséquent la sécurité des autres, en tuant le despotisme et
l'anarchie , au grand désespoir des modernes *jésuites*.

10. Rome et *le More* entendront ce discours.

Nous ne voyons pas trop pourquoi notre auteur appelle
Ferdinand V *le More*. C'est probablement parce que M. de
Pradt a dit de ce prince, qu'*il semblait avoir caché les pen-*
*chans de l'Afrique dans son cœur, comme la nature en*
*avait imprimé les traits sur son visage.* Cette licence est un
peu bien hardie ! mais il faut plutôt croire que le poète fait ici
allusion, avec l'ancien archevêque de Malines , à *la couleur*
et *aux penchans* que le noble époux d'Isabelle de Castille
rapporta d'Afrique, où il avait été, suivi de *Ximénès de*
*Cisneros*, porter les bannières espagnoles , en 1509.

11. . . . . Annonce tes phalanges
Sous l'étendard et le nom de Jésus.

*Plusieurs personnes demandant souvent aux compa-*

5

gnons d'Ignace qui ils étaient, il leur délara ce qu'ils avaient à répondre. Il leur dit donc que, puisqu'ils s'étaient tous joints ensemble pour combattre les hérésies et les vices, sous la bannière de Jésus-Christ, leur société n'avait d'autre nom à prendre que celui de COMPAGNIE DE JÉSUS. (Vies des Pères.) Nous verrons plus tard que le fameux *tales, quales* ne sera pas une réponse plus claire, ni *moins positive.*

12. Crée un ouvrage unique, formidable,
   Et dont la base assure les succès.

Le génie du galant néophyte, illuminé, soutenu, dirigé par la *Discorde*, ne réussit que trop bien; et les fondemens respectables de son monstrueux édifice ne supportèrent que trop d'années ses membres et son faîte, dès long-temps et comme aujourd'hui, gangrenés, menaçans, dangereux, passés de mode et pourris.

13. En parlant du pouvoir *jésuitique*,
   . . . . . . . Il doit être absolu,
   Etc. . . . . . . . . . . . .
   Disposer même, *à l'envi,* des couronnes.

*Les plus célèbres écrivains de la société ont établi en principe, qu'en certains cas il était permis de tuer les rois. Qui osera le nier! Il faudrait avoir l'audace de l'Etoile parisienne, ou l'impudeur de la Gazette universelle de Lyon pour démentir les témoignages les plus dignes de foi, les monumens les plus authentiques de l'histoire moderne; et il faudrait ne pas croire même aux écrits des jésuites, où le régicide est ouvertement préconisé.* ( Procédure contre les *jésuites,* publiée par M. Gilbert de Voisins. )

14. Prends tes soldats partout, chez tous... et même
   Des *affidés,* sans consulter leur foi.

Non-seulement *le cabinet du général des jésuites était*

*servi par le zèle de sa milice propre, mais encore par celui d'un nombre infini de VOLONTAIRES présens partout. Ainsi les informations arrivaient par mille chemins.* (M. de Pradt.) C'est clair; pour avoir des agens *partout*, il ne faut pas choisir *les croyances;* les *jésuites* admettent donc, sur le globe entier,

> *Des affidés, sans consulter leur foi;*

mais ce ne sont que *des frères lais ou coadjuteurs temporels, des novices, des affiliés ou adjoints, ou jésuites de robe courte*, pris dans tous les états des diverses sociétés des deux mondes.

15. Ce sont là les statuts universels, dit la princesse BA-TARDE à son PAGE-GÉNÉRAL-ROI, qui

> Te fourniront des yeux et des oreilles,
> Des éclaireurs et des mains au besoin,
> Ainsi partout.

> 16. Classons un peu tes serviteurs discrets.
> Etc. . . . . . . . . . . . .

L'auteur nous paraît s'être exactement conformé aux *constitutions* du *jésuitisme* dans ce classement; c'est ainsi que leurs divers *postes* ont toujours été distribués.

17. Ton pouvoir de général doit être *irrésistible*, déclare ensuite l'enchanteresse à son esclave, dont elle veut faire le premier potentat de la terre :

> Quand tes sujets doivent clairement voir
> Que *résister* est la chose impossible,
> Et, mieux encore, un fait toujours nuisible.

*Le pouvoir absolu*, IRRÉSISTIBLE, *est dans le chef* ( écrit M. de Pradt ); *et l'obéissance* IRRÉSISTANTE, *dans les membres.*

18. En les faisant, interprète tes lois,
Et ne crains point d'être juge et partie :
Voilà l'esprit propre à ta monarchie.

C'est à l'aide de cette exorbitance d'autorité, que le *gé-néralat*, dignité subordonnée sous le sage Ignace, devint, sous *Lainez* et *Aquaviva*, un despotisme illimité et permanent, toujours au-dessus des rois, et quelquefois-même indépendant des papes. ( Doctrines de *ces messieurs* dans leurs propres écrits. )

19. Le corps entier pourra changer de maître,
S'en séparer comme d'un membre obscur.

*Il n'y a nulle réciprocité d'engagemens entre la compagnie et ses membres, dans les vœux qu'elle en exige : le membre ne peut renoncer, et il peut être chassé par le général, lequel même peut être déposé à son tour pour des motifs secrets.* ( Constitutions des *jésuites.* )

20. En parlant du *jésuitisme*,
    .  .  .  . Il faut que sa morale
Soit cependant flexible, et gêne peu.
Etc. ( *Statuts jésuitiques.* )

On doit croire ici que le souvenir de Clari vivante troublait encore la raison et le cœur de son ancien séducteur, puisqu'il ne reconnut pas l'esprit de la Discorde ou du démon, aux principes infâmes qui lui étaient professés sans ménagement et sans détour.... Mais la fatalité !...

21.   .  .  . Choisir des gens habiles
Devra donc être, à perpétuité,
L'utile soin de la société.

Oui, certes; de même que pour organiser *la filouterie*, il faut *des agens adroits et rusés*, qui en imposent et éloignent tout soupçon par leur extérieur et même leur langage.

Ainsi rien ne manquera *aux recrues* du page saint, dirigé par son mauvais génie.

22. En refusant de défendre sa cause (*celle de Dieu*),
Dans les enfers tu m'enverrais rôtir.
Etc. . . . . . . . . . . .

On voit, hélas! quel affreux moyen de persuasion ou de séduction est employé par la fausse Clari, pour entraîner un jeune homme, encore trop sensible, dans le piége où il tombe malgré lui.

23. Je t'en préviens de la part du vrai Dieu.

Lui dit-elle encore, en lui promettant les palmes immortelles qu'ils doivent partager, s'il obéit. Le moyen de résister au double charme de l'amour et de la religion! Ignace succomba; mais nous sommes de l'avis de notre poète, les intentions du pécheur étaient bonnes, et *sa canonisation* ne nous surprend nullement. Nous ne serions pas même étonné que le Juge suprême la confirmât à la vallée de Josaphat... car il est plus que présumable que les décisions de la terre à l'égard des ames qui la quittent, ne sont que des jugemens *par contumace*, lesquels Dieu revisera indubitablement au grand dernier jour.... n'en déplaise à tous les juges mortels, qui sont de chair et d'os comme nous, et non moins *faillibles* que nous... Amen!!!..

24. Pour convenir qu'il fit quelque *brioche*.

Nous étant aperçu plus d'une fois que le vieillard-poète *se laissait aller* à des expressions triviales, et que le goût peut réprouver, nous crûmes devoir lui faire quelques représentations à ce sujet. Voici ce qu'il nous répondit :

« Mon vieil ami, je n'écris pas uniquement pour les *pu-*
» *ristes :* ma longue carrière m'a mis à même de voir et
» d'entendre beaucoup de choses.... Je passe sur tout ce

» que j'ai vu, puisqu'il ne s'agit dans vos observations que
» de ce qui flatte ou tourmente l'oreille. J'ai souvent en-
» tendu des expressions *populaires* qui m'ont fait vrai-
» ment rire, en faisant *pouffer* aussi les assistans. Je n'ai
» pas eu l'intention malheureuse de faire toujours pleurer
» dans mon poème héroï-comique, composé plutôt pour ce
» *peuple rieur*, qui m'égaya et m'intéressa toute ma vie,
» que pour les QUARANTE de votre académie, qui ne m'ont
» jamais amusé ni attendri..... Voilà pourquoi toutes les
» fois que *ces expressions* me reviennent à la pensée, je
» m'en sers, par reconnaissance peut-être de ce qu'elles
» m'ont causé de la joie ou du plaisir. »

Nous avouons que cette singulière manière de s'excuser
de ses négligences, ou de ses fautes, nous rendit indulgent
pour le CENTENAIRE; et, volontiers, nous lui avons pardonné
sa *brioche*, ainsi que tant d'autres misères dont nous ne
parlons pas, telles que *je suis dedans*, etc. Nous engageons
le lecteur à n'être pas plus sévère que nous, s'il est, comme
vous, plus *rieur* que grammatiste.

# CHANT TROISIÈME.

# ARGUMENT.

Préambule du poète, qui trouve le temps long, en attendant le retour de l'ombre d'Ignace. — Elle arrive enfin. — Suite de la révélation du saint homme. — Consécration du page et de ses six compagnons : en quel lieu *réel* cette fois. — Développement du naturel et du génie d'Ignace. — Son départ pour Rome. — Il est d'abord ordonné prêtre à Venise. — Le pape Paul III adopte son vaste plan. — Aperçu rapide des commencemens honorables du *jésuitisme;* ses premiers abus. — Prévision cruelle de son fondateur : il tombe malade. — La garde-malade. — Le dernier moment et les aveux du jésuite *Caffin.* — Sommeil funeste et forcé du général, qui interrompt pour la troisième fois son récit. — Le poète, aussi curieux que surpris, se trouve encore obligé de renvoyer le lecteur au quatrième chant, en le consolant et lui faisant prendre patience comme il peut.

# CHANT TROISIÈME.

Chez les élus on cède à la paresse,
Tout comme ailleurs, je le vois bien ; l'ivresse
Qu'elle procure aux fragiles humains,
N'en est pas moins le partage des saints.
Je suis charmé de voir qu'en l'autre vie
Le paradis, comme l'académie,
N'est composé que de *bons* paresseux :
Après ma mort, si je suis *bienheureux*,
Tout mon travail sera de ne rien faire,
Et, comme Ignace.... Il vient, sachons nous taire;
De ma critique il pourrait s'étonner,
Et, s'il poursuit, je dois lui pardonner.

« L'airain sonnait... N'ai-je dormi qu'une heure ?..
» Paris est là.... J'arrive à ma demeure:
» Je veux en vain reposer jusqu'au jour;
» Saisi de crainte et d'espoir tour-à-tour,
» Je ne puis croire à l'erreur d'un tel songe....
» Le *jésuitisme* est l'enfant du mensonge; [2]
» C'est trop certain! Le lever du soleil
» N'eut pas besoin de hâter mon réveil;
» J'étais sur pieds même devant l'aurore.

» La vision qui m'agitait encore,

» Ne laisse plus mon esprit incertain;

» Et, d'un coup d'œil, je vois le genre humain

» Prêt à plier sous mon joug despotique,

» Pour honorer l'église catholique.[1]

» Mon plan déjà dans ma tête est mûri :

» A mon salut, au salut de Clari

» Je me dévoue. Il est une chapelle [4]

» Où ( pour rimer ) on brûla la cervelle

» De saint Denis.... ( et mieux ) où, tout de bon,

» Il fut, de nuit, décapité, dit-on :

» Un souterrain de Montmartre la cache;

» Elle n'est point détruite, que je sache. [5]

» Tout à mon songe, en ce pieux réduit

» Je me rendis dès la prochaine nuit...

» Après avoir *ramassé* par la ville,

» *Dans les billards*, un *sixain* fort docile [6]

» De compagnons exaltés comme moi :

» *Pierre Le Fèvre* [7] avec *Xavier-Françoi* [8]

» *Jacques Lainez* [9] dont le cœur fut de bronze,

» *Simon Rodrigue* [10] avec *les deux Alphonse.* [11]

» Au souterrain, tous les sept nous jurons

» *De renoncer au monde....* Nous partons,

» Sur nos pieds nus, pour convertir les âmes,

» Partout où sont des hommes et des femmes...[12]

» Ceci paraît d'abord inconséquent;

» Mais vous savez ce qu'un *jésuite* entend

» Par ces trois mots, de science profonde,

» *Se faire pauvre*, ou *renoncer au monde.*[13]

» Vous me rendrez justice, malgré tout ;
» En commençant, je n'étais pas au bout :
» Le mal conçu par une fausse amie,
» Est-il le fruit de mon propre génie?
» Non, non... le bien peut seul m'être imputé.
» Connaissez-moi, malgré qu'on m'ait gâté ;
» Et vous pourrez distinguer du *grand homme*,
» L'ami du Ciel, avant l'ami de Rome.[14]
» Enfant pécheur, mais dévot à trente ans,
» Je réunis deux êtres différens,
» Dès que mon rêve eut séparé mon ame
» De mon esprit esclave d'une femme...[15]
» Quel fut mon cœur, qu'amour tint sous sa loi?
» L'amour calmé le rendit à la foi....
» Et j'ose dire, à la foi la plus pure :
» Dieu possédait vraiment sa créature ;
» L'aimer, lui plaire était mon seul besoin,
» Mon bien, ma vie, et mon unique soin.
» De mes péchés redoutant les disgraces,
» Je faisais bien quelques sottes-grimaces,
» Parci-parlà : ma ceinture de fer,
» Tous mes essais de ne vivre que d'air,
» De terre et d'eau ; mon déchirant cilice,
» Que nuit et jour je portais... par caprice ;
» Ma discipline et mon austérité
» Ont fait souvent gémir l'humanité, [16]
» En m'abaissant au-dessous de la brute...
» Je vous l'avoue ; et, de peur d'une chute,
» Plus d'une fois je suis tombé bien bas !

» Mais j'étais seul, et je ne cherchais pas
» A tout pousser avec moi dans l'abîme...
» M'avilir seul n'était pas un grand crime. [17]
» D'ailleurs, au fond, j'adorais la vertu,
» L'Etre-Suprême; et le fruit défendu...
» Avait cessé.... (laissez-moi tout vous dire)...
» D'avoir sur moi son primitif empire.... [18]
» Mais si je fis mes adieux au plaisir,
» C'était pour vivre avec mon repentir,
» Sans me mêler des *ordures* des autres... [19]
» Les pénitens sont de mauvais apôtres,
» En général : Du fiel, trop de rigueur
» *Salit* en eux le retour de leur cœur.
» Jamais, jamais l'amitié tolérante
» Ne dut le jour à l'ame pénitente. [20]
» Mon but était, et devait être aussi,
» De me vouer au silence, au souci
» D'une autre vie... au jeûne, à la prière,
» Loin de prêcher au reste de la terre
» *Mes oremus...* [21] Bon Dieu ! de quarante ans
» Jusqu'à ma mort, avais-je trop de temps
» Pour m'incliner à l'autel de la grâce?...
» Pécheur moi-même, hélas! si j'eus l'audace
» De sermoner et de moraliser,
» De convertir et de catéchiser
» Tant de pécheurs plus purs que moi sans doute,
» Un autre moi suivit cette autre route. [22]
» Mes premiers pas furent jonchés de fleurs,
» Et mon génie enfanta des malheurs.

» Vous connaissez l'étonnante imposture,

» Qui par un songe a changé ma nature :

» A ma croyance, à mon zèle pieux,

» Ce songe a joint l'esprit insidieux,

» Et la souplesse, et la persévérance,

» Et le mystère, et toute la science

» Du diplomate, ou de l'homme de cour ;

» L'art de haïr, et d'aimer tour-à-tour ;

» L'ambition, le désir du mélange

» Des droits de l'homme et des vertus de l'ange..[2]

» Rien n'est égal à ma sagacité,

» Pour m'*infiltrer* dans la société...

» Et le démon qui m'inspire et m'agite,

» En me douant du plus vaste mérite,

» Me souffle aussi la persuasion,

» Que pour soumettre à la religion

» Tous les humains, il faut qu'on les enchaîne,

» Qu'un dieu d'amour n'est plus qu'un dieu de haine,

» Pour qui résiste.... Ainsi dénaturé,

» Je vois Venise, et je m'y fais *curé*....[24]

» Faux prêtre, issu de mon rêve sinistre !

» Tel un brave homme, en devenant ministre,

» A l'équité préfère le pouvoir,

» ( Comme vingt fois vous avez pu le voir );[25]

» Tel un préfet, jadis *bonapartiste*,

» *Vire de bord*, et se fait royaliste,

» ( Comme cent fois vous l'avez encor vu );[26]

» Tel un censeur renonce à la vertu ;[27]

» Tel un prélat abroge l'Evangile,

» Lorsqu'on lui donne une place civile ;[28]
» Tel un Français, qui ne l'est que de nom,
» Devient esclave et ne dit jamais non,
» Quand il s'agit de voter comme *un ventre*,
» Dès qu'on lui *dore* une place du centre ;[29]
» Tel un quidam, devenu député,
» Trahit *pour lui* tous ceux qui l'ont porté ;[30]
» Tel un chrétien qui loua les croisades,
» Maudit les Grecs, et prend pour camarades
» Les braves Turcs, défenseurs du Croissant ;[31]
» Tel un goujat, sitôt qu'il est puissant,
» De bon valet n'est plus qu'un mauvais maître ;
» Tels ......., et .......... peut-être,
» Comme ......., après bien des faveurs,
» De plats intrus sont devenus seigneurs ;
» Tels tous les trois, bons jadis ( c'est probable ) ,
» Dans ce moment ne valent pas le diable ;
» Tel l'un ou l'autre, en changeant de jargon,
» Est pis qu'un tigre, et n'était qu'un mouton....[32]
» Tel, ébloui d'un éclair d'imposture,
» Pour être roi, je perdis ma nature.
» Mais plus heureux, j'ose encor m'en flatter,
» Que tant de gens que je viens de citer,
» Je ne fus point tyran pendant mon règne...
» De l'avenir qu'à d'autres l'on se plaigne.
» Sachez de moi, que tant qu'il a vécu,
» Le page a fait respecter la vertu.
» Paul trois le pape ayant, par œuvre pie,
» Pour son service admis ma compagnie,[33]

» Mes compagnons, *ordonnés* à leur tour,

» Sont, avec moi, reconnus à la cour

» Du très-saint siége. On m'approuve, on me flatte;

» Ma modestie est un moment ingrate,

» Mais je me rends... Et l'*Archi-Cardinal*,[34]

» En m'absolvant, me nomma général.

» Je vois bientôt les rangs de mon armée

» Se renforcer. Déjà la renommée

» Parle de moi. Tandis qu'au Vatican,

» Se discipline et se grossit mon camp,

» Mon nom s'étend sur la terre et sur l'onde :

» J'ai pu déjà distribuer le monde

» A mes profès. *Jean trois* m'offre Goa;[35]

» *François-Xavier* dans les Indes s'en va.[36]

» *Fez* et *Maroc* à *Nuguez* et *Gonzalès*

» Des serfs chrétiens offrent les ames *sales*...

» Tout se nettoie. Au sein du Portugal

» Rodriguez reste, et ne fait point de mal :

» Je veille encor.... Le noir Congo d'Afrique

» Entend aussi ma voix évangélique,

» Par le canal de mes frères errans...

» Mon successeur en a fait des tyrans,

» Et je n'avais créé que des apôtres :[37]

» *Indifférens pour eux, tout pour les autres,*

» *Marins hardis, ces fidèles pasteurs*

» *Bravant les flots, pour apporter des mœurs*

» *Et la lumière à des hommes sauvages,*

» *Allaient, sans crainte, apprendre leurs langages,*

» *Souffrir leurs maux, manger leurs alimens,*

» *Vouer leurs jours à d'éternels tourmens,*
» N'ayant pour but que de montrer la route
» Du paradis aux yeux qui n'y voient goutte.
» Certes ce but était noble, était beau!..
» De *mon enfant* tel fut bien le berceau....
» Mais les abus!.. qui les vit, peut les croire.
» Voilà qu'à Trente on tient un consistoire.
» Deux de mes fils, l'ingrat *Jacques Lainez*
» Et *Salmeron* qu'il menait par le nez,
» De mes travaux étendant le domaine,
» Vont y braver l'autorité romaine;
» Et, peu contens d'être au-dessus d'un roi,
» En despotisme ils transforment *la foi.*
» l ainez surtout, envieux de mon règne,
» Prétend déjà que l'univers le craigne.
» En vain Paul quatre et ses fiers cardinaux
» Voulurent-ils enchaîner ses travaux,
» Ses vœux ardens de conquérir la terre...
» L'audacieux triompha du Saint-Père,³⁸
» Et, dans l'espoir d'être un jour général,
» Me fit braver l'empire épiscopal.
» Pour ma puissance il n'est plus de rivale;
» Tout est permis, excepté le scandale :
» J'apprends, hélas! que mes fils, malgré moi,
» Sont indévots en professant ma loi.
» Du monachisme abandonnant la route,
» A la prière ils font tous banqueroute.
» Plus de *canons*, plus de *jeûnes*... Le temps
» Occupe mieux ces adroits charlatans.

» Mon premier vœu de pauvreté profonde
» N'existe plus... Nous *exploitons* le monde.
» L'art du commerce est trop chanceux pour nous;
» Le *jésuitisme* engendre des filous,
» D'un pôle à l'autre... Oui, des bords de la Seine
» Jusqu'au Japon; des eaux du Borysthène
» Aux eaux du Nil; chez le sombre Africain,
» Le Turc, l'Indou... sur tout le globe enfin,
» Mes lieutenans, avides de richesses,
» Vont s'affranchir de leurs saintes promesses.
» L'esprit mondain les dirige en tout lieu :
» L'empire et l'or, c'est là leur double-dieu.
» Je vois trop tard que le corps *jésuitique*,
» Anti-légal comme anti-canonique,
» En se disant le protecteur des rois,
» Pour les soumettre anéantit leurs lois,
» Et du poignard menace tous les trônes,
» Pour dispenser à son gré les couronnes;
» Afin de voir les peuples enchaînés,
» Se dépouiller, à ses pieds prosternés,
» De tous leurs biens en faveur des *jésuites*.
» J'écris partout : des lettres hypocrites,
» Me répondant, changent le mal en bien;
» Et j'encourage un monstre anti-chrétien,
» Que j'ai créé pour désoler la terre,
» Sans m'en douter... Mais cet affreux mystère
» A mes regards s'est enfin dévoilé.
» *Bobadilla* d'Augsbourg est exilé...[19]
» Et *la Sorbonne* avec ignominie,

6

» Avec raison, maudit ma compagnie.[40]

» *Gonzale* expire au Monomotapa

» Comme espion près *des noirs* qu'il trompa.[41]

» Cinq ans avant cette honteuse histoire,

» Dans Saragosse avait pâli ma gloire.[42]

» Je vis soudain dans les temps à venir

» Des maux qu'alors je ne pus définir;

» Des pronostics obscurs, mais redoutables,

» Que je croyais d'abord inexplicables,

» Mais dont bientôt l'horrible obscurité

» Devait pour moi se changer en clarté.

» Préoccupé de sinistres présages,

» Je n'entendais que la voix des orages;

» Et leurs éclairs, passant devant mes yeux,

» Ne me laissaient qu'un jour plus ténébreux.

» D'affreux remords agitèrent mon ame....

» Je fus malade. Une pieuse femme

» Dont le métier fut de veiller les morts,

» Ou les mourans passant aux sombres bords,

» Pour cet office un soir fut appelée

» Près de mon lit, encore désolée

» Des noirs péchés du jésuite *Caffin* [43]

» De ses aveux et de sa triste fin.

» En me voyant *soucieux, solitaire*

» *Et moribond, elle veut me distraire;*

» *C'est son devoir,* dit-elle... Elle ignorait

» Et qui j'étais, et ce qui tourmentait

» Mon pauvre corps aussi bien que mon ame.

» Chez les Romains une pareille femme

» N'a pas autant de curiosité,

» De commérage et de malignité

» Que chez les Francs; ma dévote gardienne

» Ne poussait point la charité chrétienne

» Jusqu'au talent de garder un secret;

» Mais son esprit n'était pas indiscret

» Jusqu'au désir de chercher à s'instruire,

» Pour distiller le bonheur de médire,

» Ainsi que font vos dames de Paris.⁴⁴

» *Vesta* disait ce qu'elle avait appris

» Sans le vouloir.... *Vesta!* ce nom profane

» Était celui de ma *garde-tisane.*

» Discrète donc, mais bavarde à l'excès,

» Voici comment, m'apprenant les forfaits

» Dudit *Caffin*, elle accrut mes misères,

» Et confirma la honte de *nos pères.*


» Seigneur malade, êtes-vous condamné

» Par saint Ephrem?⁴⁵ pourquoi cette tristesse?

» Qui bien vécut, doit mourir sans faiblesse.

» Si vous étiez du Ciel abandonné,

» Comme *Caffin*, passe... quelle détresse!!!..

» Pour ce pécheur trente-six fois damné,

» L'enfer a-t-il une assez vive flamme?...

» Mais il est mort, Dieu veuille avoir son ame!

» Je veux pourtant vous instruire de tout;

» Cela pourra vous donner du courage,

» Vous consoler, si vous touchez au bout

» De cette vie, où *Caffin* fit naufrage.

» Car, à coup sûr, vous n'avez pas commis

» Tous les péchés qui l'ont tant compromis!

» Apprenez donc les sales aventures

» De ce *jésuite....* Eh! qu'avez-vous, seigneur?

» Vous pâlissez!. d'avance mes peintures

» Vous font frémir, et troublent votre cœur!

» Je le vois bien, pieux admirateur

» Du grand Ignace et de sa compagnie,

» Ainsi que moi, vous allez balancer

» D'ajouter foi... (Poursuivez, je vous prie,

» Lui dis-je alors... ) Je vais donc commencer :

» (Dit la dévote... ) Ah ciel! quel homme infame!..

» *Mais il est mort, Dieu veuille avoir son ame!*

» Son agonie a duré quatre jours.

» Tous les matins on veut qu'il se confesse;

» Il s'y refuse.[46] A moi seule il adresse,

» En expirant, ce terrible discours,

» Que par des cris il interrompt toujours.

» ( D'être effrayé, certes, je ne le blâme!..

» *Mais il est mort, Dieu veuille avoir son ame!* )

» Femme pieuse autant que je suis vil,

» Connaissez bien mon histoire.... ( dit-il );

» Et vous verrez pourquoi des hypocrites

» N'obtiennent pas l'aveu de mes péchés;

» Je connais trop mes frères les *jésuites*,

» Couverts d'opprobre et de forfaits cachés,

» Pour... ( Là, *Caffin*, dans un accès de rage,

» Est obligé de s'arrêter un peu;

» Puis il reprend ) : Seule, d'un tel aveu

» Vous devez être informée; à votre âge,

» A vos bons soins, à votre piété,
» Je veux m'ouvrir, et confier mes crimes.
» Maudissez-moi... priez pour mes victimes!..
» Et dénoncez à la postérité,
» Dans mes pareils, les démons des abîmes.
» Je suis Français.... indigne de ce nom,
» A vingt-cinq ans je quittai ma patrie,
» Après avoir à toute ignominie
» Prêté la main. Filou, *mouche*, espion;
» Vil débauché, procureur de débauche;
» Beau complaisant, *pédéraste* à mon tour;[47]
» Hermaphrodite épris d'un double amour,
» N'ayant laissé nul vice à son ébauche;
» Dévot de place, assassin, charlatan,
» Sbire honteux, esclave à divers gages,
» Bouffon de cour, *Janus à deux visages;*
» Selon les lieux, despote ou courtisan...
» J'avais été tout cela par essence,
» Quand le bourreau me fit sortir de France,
» Tant il trouva mes forfaits de son goût :
» Le scélérat sut *prévenir* ma grâce,
» En *occisant* un brave homme en ma place...
» Un vrai *jésuite* a des amis partout;
» Et dans mon sein couvait le *jésuitisme.*
» J'arrive à Rome : un nouveau monachisme
» S'établissait, et j'y suis enrôlé.
» Sans doute Ignace était ensorcelé
» Pour recevoir un pendard de ma sorte...
   Oh! quel tourment! (s'écrie ici *Caffin*,

» En se tordant et me serrant la main, )

» Je crois déjà que le diable m'emporte!

» ( Puis il poursuit....Mais, seigneur, qu'avez-vous?

» Si mon récit augmente vos souffrances,

» Je me tairai,....) *Quelles extravagances!*

» *Dis-je à la vieille, étant presqu'en courroux,*

» *Plus mort que vif, mais rougissant de honte...)*

» *Continuez, achevez votre conte...*

» (Comment! un conte?.. ) *Ah! pardon! le discours*

» *De votre mort à la fin de ses jours.*

» — A la bonne heure. — Eh! bien, dit le *jésuite,*

» De mes devoirs ma mémoire est instruite

» En peu de temps : mes dispositions

» Frappent Lainez, et surprennent le pape.

» Je me dis moine élevé par *la trape.....*

» Et j'ai la clef de nos *instructions.*[48]

» Je sais comment on captive les filles,

» Lorsqu'elles sont et riches et gentilles;

» Comment surtout on jette les filets

» Sur une veuve, en l'exemptant des grilles.[49]

» J'apprends encor, mieux que je ne savais,

» L'art de ravir le secret des familles,

» Du toit de chaume aux lambris des palais,

» Pour asservir les rois et les sujets;

» Les moyens sûrs de forcer le commerce

» A n'enrichir que moi, quand je l'exerce

» Conjointement avec d'autres marchands.[50]

» Il faut ainsi ruiner les *méchans,*

» Dis-je au despote, au nom de l'Evangile,

' Pour éviter que l'irréligion

» N'entasse l'or pour la guerre civile :

» Trop de bien-être au peuple est inutile.[51]

» Les souverains, de ma dévotion

» Goûtent le fruit, et nous régnons en maîtres.

» Mon seul exemple enfante mille traîtres...

» Lainez sourit; Ignace est irrité,

» Mais on le trompe, et *je remplis mes guêtres.*[52]

» Le *jésuitisme*, en pleine liberté,

» Dans l'opulence et la lubricité

» Nage déjà. Comme moi tous *nos prêtres*,[53]

» Emancipés de leurs devoirs pieux,

» (Loin d'imiter les pères de l'église,

» Autant qu'humains dévots avec franchise,)

» Ne sont rien moins que des voluptueux,

» Faisant partout métier et marchandise

» De leur ferveur que réprouvent les cieux.

» *François-Xavier* dépouille les Chinoises ;

» Pour les parer des perles qu'il vola,

» Ou fit voler de Cochin à Goa.[54]

» *Claude le Jay* séduit les Iroquoises.[55]

» *Bobadilla* trompe les Allemands.

» *Pierre Lefèvre* en veut aux Italiennes ;

» A ma manière il en fait des chrétiennes,

» Et les punit d'avoir d'autres amans.[56]

» En Portugal *Rodriguez* fait des siennes.[57]

» *Pasquier Brouet,*[58] suivi de *Salmeron,*

» Prend des soldats à l'inquisition ;

» Et tous ces gueux, rivaux dans *l'Ibérie*

» Beaux apostats, passent gaîment leur vie
» Entre l'autel et la galanterie.
» Qui le croirait ? ces suppôts du démon,
» Sont protégés par *le duc de Gaudie.*[59]
» Le fier *Lainez* à Rome en fait autant.
» I e *général*, qui l'ignore, est content.
» Mais moi, grand Dieu ! qui connais nos pillages,
» Notre imposture, ou nos impiétés,
» Et nos viols, et tous les brigandages
» Qu'aux moins gaillards ma conduite a dictés,
» Je meurs en proie à tant d'iniquités.
» Ah ! je le sens, et j'en frémis d'avance !
» Pour *ces erreurs* il n'est point de clémence...
» Dieu sera juste en me brûlant toujours.[60]
» — Le renégat suspendit son discours
» Encore ici, pour hurler comme quatre.
» Mais ses remords ne pouvant point l'abattre,
» Il acheva de me tout confesser...
» Et j'aurais pu vraiment m'en offenser,
» Malgré mon âge, étant dévote et femme...
» Vous-même, hélas ! qu'allez-vous en penser ?..
» Le Ciel, bien sûr, lui chantera sa gamme...
» *Mais il est mort, Dieu veuille avoir son ame !*
» *Caffin* reprit : — Pour vous mettre au courant,
» Dame *Vesta*, des tours diaboliques,
» Très familiers à nos mœurs *jésuitiques*,
» Je vais parler du péché le moins grand,
» Commis par moi sur les rives du Tibre,
» Et sous les yeux de deux de nos *profès*,

» Applaudissant à mes hardis succès.
» Si mon langage ici devient plus libre,
» Excusez-moi, le sujet le voudra.
» Dans le couvent de la vierge *Strata*,[61]
» Don du Saint-Père, et fondé par Ignace,
» Vivait cloîtrée, un modèle de grâce,
» Une Génoise, une veuve à vingt ans,
» Une héritière aussi riche que belle,
» De qui l'été n'est encor qu'un printemps....
» Il s'agissait d'un *directeur* pour elle;
» Mais *Salmeron*, le lubrique *Lainez*,[62]
» Etant sans doute autre part enchaînés,
» Je fus choisi pour confesser *icelle*,
» L'endoctriner, et la désenrôler
» Du dit couvent, où toutes ses richesses
» Eussent été d'inutiles largesses.[63]
» Mon premier soin fut de la consoler
» De son veuvage, et de son abstinence...
» *Delphine* sait que je naquis en France:[64]
» Son cœur sourit... Hélas! à mes avis,
» En peu de jours, elle devient docile;
» D'autres conseils ne furent plus suivis...[65]
» Je lui fis prendre une maison en ville:
» Là, dévouée à mon impiété,
» Dans l'intérêt de la société,
» Elle veut bien que réglant ses aumônes,
» Et ses plaisirs... ( par nous permis aux nonnes,
» Pendant le charme, ou la longueur des nuits,
» Pour les soustraire au *lutin* des ennuis )[66]

» Elle veut bien qu'en secret je dispose

» Et de son ame, et de ses chers trésors...

» Vous le voyez, j'avais le diable au corps :

» Mon souffle impur profana cette rose....

» Et plût à Dieu que cette unique fleur

» Eût succombé sous la faux sacrilége

» De la rapine et des désirs gloutons

» De mes pareils!.. Mais parmi les moutons

» Les loups n'ont pas un plus grand privilége

» Que l'ascendant qu'à Rome nous avons

» Sur le beau sexe... et surtout chez les veuves...

» Nos plus bigots en ont donné des preuves;

» Et comme moi, ce sont tous des démons!

» N'épargnant pas les vierges les plus neuves..

» Ensemble aussi là bas nous brûlerons....

» — A ces mots hurle encor ce *sac-à-corde* :[67]

» De discourir il n'a plus les moyens....

» Et Dieu merci!.. Jésus!.. miséricorde!..

» Le *jésuitisme* a fait de tels vauriens,

» Pour nous ôter et l'honneur et nos biens!..

» Mais vous, seigneur, de cette compagnie

» Vous n'êtes point? Non; ce luxe apprêté,

» Ces vases d'or, cette chambre embellie

» Comme un boudoir, n'annoncent pas la vie

» D'un homme qui... fit vœu de pauvreté.

» Et, par saint Loup, je vous en félicite![68]

» Car un *jésuite* est un vrai renégat;

» Plus dangereux, par son zèle hypocrite,

» Que Lucifer... témoin mon apostat:

» Au lieu du Christ c'est l'amour qui l'enflamme..
» *Mais il est mort, Dieu veuille avoir son ame!*
» Ce n'est pas tout : de lui j'ai pris le deuil ;
» Le pauvre hère, avant de tourner l'œil,
» En soupirant, le remords sur la lèvre,
» M'a raconté.., — *C'est assez!.. mon cercueil..*
» ( *Dis-je à ma garde*, assoupi par la fièvre
» Qu'elle augmentait, levant ce nouveau lièvre...)
» *Oui, mon cercueil est tout près de s'ouvrir ;*
» *N'agitez plus mon affreux repentir...*
» *Je souffre trop... et... le sommeil me gagne...*
» *Laissez moi donc... vous battez la campagne ;*
» *Je veux le croire... Adieu! jusqu'à demain...*
» *Puissé-je, hélas! oublier mon chagrin!..*
» J'entends alors dire à la vieille femme :
» *Il va mourir, Dieu veuille avoir son ame!*
» Et je m'endors. » — Ici (qui l'aurait cru?)
L'ombre se tait ; Ignace a disparu.


Pour voir demain dénouer son histoire,
Il me faut bien quitter mon écritoire..
Encore un chant, lecteur, et tu sauras
La fin tragique et tous les embarras
Du pauvre page, en quittant cette vie.
Ensuite seul, de ma muse hardie
Suivant l'essor, les héroïques soins,
Je chanterai.... je *honnirai*, du moins,
Tes chers amis *les jésuites modernes*...
Ce ne sont pas des esprits subalternes,

Qu'en douze chants je m'en vais célébrer :[69]
Si dans un bagne ils sont dignes d'entrer,
On verra bien qu'il n'est point de faussaire,
De scélérat, d'assassin mercenaire,
D'adroit filou, d'escroc, de suborneur,
De débauché, de rusé corrupteur,
Qui pût jamais employer plus d'adresse
Dans l'attentat, le vice et la bassesse,
Que tout *jésuite* élevé comme il faut,
Pour devenir un *profès* sans défaut.
Le page saint lui-même le proclame...
*Mais il est mort, Dieu veuille avoir son ame!*[70]

FIN DU CHANT TROISIÈME.

# NOTES
## DU CHANT TROISIÈME.

———

1. **L**E paradis, comme l'académie,
Etc. . . . . . . . . . . . .

C'est une opinion assez généralement reconnue que le fauteuil de l'académie française est le talisman de l'oisiveté; et il ne nous serait pas difficile, pour justifier notre poète de son trait satirique, de citer trente-cinq membres sur les *quarante immortels* qui n'ont travaillé que pour l'être, et qui s'exposent, depuis la signature de leur brevet, à mourir dans l'oubli... *de paresse.*

2. Le *jésuitisme* est l'enfant du mensonge.

Et nous osons affirmer, n'en déplaise aux prosélytes ministériels des *Janus à deux visages* de Montrouge et de Saint-Acheul, que nul enfant ne tient plus de son père que celui-là.

3. Et d'un coup d'œil, etc.

L'ombre de saint Ignace en dira ce qu'elle voudra; mais nous ne pensons pas qu'il fût nécessaire de faire plier le genre humain sous un joug despotique pour honorer l'église romaine. La peur de l'enfer, ou les ordres pleins d'artifice et de charme de sa fausse Clari, pouvaient seuls fanatiser à ce point un page pécheur, et peut-être encore amoureux de l'illusion, comme il l'avait été de la réalité.

4. . . . . . Il est une chapelle
Etc. . . . . . . . . . . .

Ignace choisit pour le lieu de la consécration au Seigneur

de ses six compagnons et lui, la chapelle souterraine de Montmartre, où l'on croit que fut décapité saint Denis, l'apôtre de la France. ( Vies des Pères.)

En parlant de cette chapelle,

## 5. Elle n'est point détruite, que je sache.

Serait-ce par hasard dans ce réduit occulte que se seraient retirés magiquement les enfans de Loyola, pendant les troubles de la révolution, le *consulat* et presque tout l'*empire* de Napoléon, pour y fomenter les projets perturbateurs et incendiaires, qu'ils réservaient aux jours paisibles de la *restauration!* La suite du poème nous l'apprendra peut-être.

## 6. Après avoir ramassé par la ville,

*Dans les billards*, un sixain fort docile....

Le père *Selva*, *jésuite*, dans son Histoire des Religieux de la compagnie *dite* de Jésus, écrit positivement qu'Ignace *gagna l'ame d'un docteur, en jouant une partie de billard avec lui...* dans quelque tripot sans doute... quelle origine ! Pauvres *jésuites!* nous vous plaignons presque autant que nous vous méprisons.

## 7. Pierre Lefèvre,

Etait un prêtre, savoyard de naissance, du diocèse de Genève : Ce fut ce premier écolier d'Ignace qui dit la messe dans la chapelle souterraine de Montmartre, le jour de la cérémonie de la consécration des premiers *jésuites*, fixée à la fête de l'Assomption de l'année 1534.

## 8. . . . Avec Xavier-François,

*François-Xavier*, de la Navarre, devint l'apôtre des Indes, où il fut envoyé par Ignace en 1540, après avoir été établir des colléges en Portugal, sur l'invitation formelle de Jean III. Ce second compagnon du page converti fut à son tour canonisé, je crois.....

**9. Jacques Lainez, dont le cœur fut de bronze.**

Ce principal et troisième compagnon du pécheur de Loyola, né à Almazan en Espagne, au diocèse de Siguenza, fut le second général des *jésuites*... Sans doute son cœur fut de bronze, puisqu'en effet, ainsi que le dit assez son patron, c'est lui qui, en donnant une direction politique au *jésuitisme*, est cause de tous les délits, de tous les crimes commis par cette infâme société.

**10. Simon Rodrigue,**

Celui-ci était un gentilhomme portugais, né à Azévédo. Ce quatrième compagnon d'Ignace fut aussi envoyé en Portugal, où il resta, après le départ de Xavier pour les Indes.

**11. . . . . Avec les deux Alphonse.**

*Alphonse Salmeron*, né on ne sait où, mais espagnol, fut constamment le très-humble serviteur de Jacques Lainez, et le cinquième disciple d'Ignace.

*Nicolas Alphonse*, surnommé *Bobadilla*, du lieu de sa naissance, est le sixième compagnon d'Ignace : ce fut lui qui fit éprouver le premier échec au *jésuitisme* en Allemagne, pour avoir censuré l'*interim* d'Augsbourg, en 1547.

**12. . . . . . Pour convertir les ames,**
**Partout où sont des hommes et des femmes.**

Et des femmes surtout! car *messieurs les boucs* ont particulièrement cherché, partout et toujours, à se faire des prosélytes chez le beau sexe; notre poète le démontrera jusqu'à l'évidence, dans les douze derniers chants de son ouvrage, et nous ne manquerons pas de pièces justificatives à fournir à ses lecteurs.

**13. Mais vous savez ce qu'un *jésuite* entend,**
**Par ces trois mots de science profonde :**

*Se faire pauvre , ou renoncer au monde.*

C'est s'emparer, avec autant de perfidie que d'esprit de rapine, du commerce des perles à *Cochin*, au détriment des Portugais et des malheureux Indiens qu'ils rendent esclaves de leur rapacité. C'est fonder la débauche sous l'étendard de la croix, malgré les représentations des Papes, dans les Antilles, à la Chine, en séduisant les filles des Américains-Espagnols et les jeunes Iroquoises. L'infamie commise à Marseille par le *jésuite Girard*, envers une jeune personne confiée à sa direction, d'autres excès de ses pareils dans plusieurs villes de l'Italie expliqueraient encore mieux la pensée et la juste indignation de notre auteur, si le lecteur en avait besoin; mais qui ignore la dépravation des anciens *jésuites?* Attendons les nouvelles scènes scandaleuses de leurs dignes successeurs, et nous défions MM. de Maistre, de Bonald, Paul Tharin, et même l'abbé de La Mennais, de n'en point pâlir.

### 14. Et vous pourrez distinguer du *grand homme,* L'ami du Ciel, avant l'ami de Rome.

En soulignant la fin du premier de ces deux vers, notre poète a sans doute pensé, avec M. le comte Lanjuinais, que *le génie, la grandeur de saint Ignace, sont des choses auxquelles on n'est accoutumé que dans quelques écrits des jésuites*: Et, n'en déplaise à M. de Pradt, nous sommes de cet avis. Nous avouerons avec la même franchise, qu'ainsi que l'auteur de l'ÉVANGILE VENGÉ, nous distinguons dans le saint de Loyola,

*L'ami du Ciel, avant l'ami de Rome.*

Non, certainement non; le page aimable et naturellement bon de Ferdinand-le-Catholique, en fondant le *jésuitisme,* n'avait ni dans le cœur, ni dans l'esprit, d'ouvrir la carrière ignominieuse qu'ont parcourue les *jésuites* après lui. Ignace fut *ultra*-religieux ou bigot de bonne foi, dans l'espoir de gagner le ciel et d'en indiquer la route aux autres; ses successeurs n'ont été sincèrement attachés qu'à l'hypocrisie et à l'ultramontisme mondain, n'ayant d'autre but que d'asservir la terre.

15. Dès que mon rêve eut séparé mon ame
De mon esprit esclave d'une femme.

Nous ne saurions trop faire remarquer aux *malins*, comme aux fanatiques, avec quel soin le poète cherche à justifier le cœur d'Ignace des erreurs de son esprit, *jésuitisé* par la *Discorde*.

16. Ma discipline et mon austérité
Ont fait souvent gémir l'humanité,

Nous avons dit les *momeries* dégoûtantes et ridicules auxquelles se livrait assidûment *le pécheur* échappé des dangereuses délices de la cour de Castille : le poète n'est-il pas excusable de lui faire avouer qu'un brutal caprice dirigeait en lui ces honteuses dégradations de l'espèce humaine?

17. M'avilir seul n'était pas un grand crime.

Ce vers et les deux qui le précèdent sont là pour assurer les lecteurs qu'Ignace ne voulait point, ainsi que l'ont fait ses successeurs intolérans, ambitieux et barbares, *infliger* la foi, mais seulement encourager à croire, et persuader : s'il s'y est mal pris, il ne cherchait du moins à faire faire aux autres que ce qu'il faisait lui-même; tandis que ses disciples hypocrites commandaient impérieusement la vertu, et ne pratiquaient que le vice ou le crime... ( Lisez leur histoire et même leurs écrits, autres encore que les *Monita secreta*, qui ne seraient pas mal suffisans pour vous en convaincre.)

18.     .   .   .   . Et le fruit défendu

7

Avait cessé....

**D'avoir sur moi son primitif empire.**

Nous le croyons sans peine : à l'époque dont parle le saint de Loyola, il avait au moins quarante ans ; il s'en allait temps d'être sage. Mais il est juste de dire, avec l'histoire, qu'*il ne fut libertin que jusqu'à l'âge de vingt-neuf ans.* ( Vies des Pères. )

### 19. Sans me mêler des *ordures* des autres.

*Ordures !* Cette expression que l'ombre d'Ignace a empruntée à plus d'un sermon sur le péché, veut dire *actions honteuses.* Combien de sales moralistes, de faux dévots dans tous les états, feraient mieux de gémir, de se *mortifier* sur les leurs, que de *catoniser* ou de prêcher sur celles des autres !

### 20. Jamais, jamais l'amitié tolérante
### Ne dut le jour à l'ame pénitente.

Cette opinion du poète, ou de l'ombre d'Ignace, nous semble d'autant plus fondée, que très-certainement les plus grands pécheurs, en se faisant *pénitens*, deviennent des *dévots de profession*, sinon des fanatiques. Or, *les dévots de profession*, dit J.-J. Rousseau, *ont une âpreté de mœurs qui les rend insensibles à l'humanité ; un orgueil excessif, qui leur fait regarder en pitié le reste du monde..... L'amour de Dieu leur sert d'excuse pour n'aimer personne ; ils ne s'aiment pas même l'un l'autre ; vit-on jamais d'amitié véritable entre les dévots !* (pénitens surtout !) *plus ils se détachent des hommes, plus ils en exigent ;* (les ingrats !) *et l'on dirait qu'ils ne s'élèvent à Dieu que pour exercer son autorité sur la terre.*

### 21. Loin de prêcher au reste de la terre
### Mes oremus....

Le saint a parfaitement raison : nous ne trouvons rien de

plus révoltant sur la terre, que ces insignes pêcheurs qui, s'étant convertis, tant bien que mal, au moment où leurs passions s'éteignaient, se constituent les moralistes ou les apôtres du monde. Il nous semble voir sortir de nos bagnes, ou revenir des déserts de la Sibérie, ces malfaiteurs rejetés de la société des hommes, et cela pour les éclairer et leur enseigner la pratique de la religion et de la vertu. Nous pensons cependant que la réflexion du seigneur de Loyola est un peu trop sévère, relativement à lui; mais combien le sens en est encore trop doux à l'égard de nos *modernes Tartufes!*

**22. Un autre moi suivit cette autre route.**

On doit voir encore dans ce passage avec quelle juste impartialité le poète rend hommage au bon naturel du *malheureux fondateur* de la compagnie *dite* de Jésus.

**23. L'ambition, le désir du mélange.**

**Des droits de l'homme et des vertus de l'ange....**

Telle a été, telle est, telle sera toujours la grande affaire des *boucs* de Loyola. Que tous les bons Français lisent ou relisent cette lettre si savante et si belle, attribuée à Pascal, mais de M. Le Maistre, touchant l'inquisition que les *jésuites* voulaient établir en France, à l'occasion de la fameuse bulle du pape Alexandre VII, *sur les cinq propositions;* et en réfléchissant aux empiétemens que le spirituel cherche encore aujourd'hui à obtenir sur le temporel, on trouvera ces paroles d'un des neveux du grand Arnauld, bien remarquables:

« Je pense souvent à tout ceci (à l'ambition *jésuitique* » foudroyée par Pascal ), et je n'y trouve rien de bon. Le » monde ne sait pas où cela va, ni quelles en sont les con- » séquences. Ce n'est point ici une affaire de religion, mais » de politique; et.... on nous asservit insensiblement à *l'in-*

» *quisition*, qui nous opprimera avant que nous nous en
» soyons aperçus. »

Le parlement de Paris rejeta la bulle anti-gallicane
d'Alexandre VII et les prétentions *inquisitoriales* des jésuites du dix-septième siècle. Espérons en ce moment que
si nos *friands de Mont-Rouge* et de *Saint-Acheul* veulent,
à l'aide du pouvoir alléché de Léon XII, imiter leurs pré-
décesseurs, ils trouveront d'aussi nobles adversaires, non
seulement dans les Cours royales du dix-neuvième siècle,
mais encore chez les trois pouvoirs qui régissent la France
et qui veillent sur elle : SON ROI, SES PAIRS, SES DÉPUTÉS.

24. Je vois Venise, et je m'y fais curé...
Faux prêtre, issu de mon rêve sinistre!

*Comme ils...* ( le page et ses compagnons *billardiers* ),
*comme ils avaient la mine étrangère*, dit un historien, *et
qu'ils parlaient mal l'italien, le peuple* (à Venise) *qui les
prenait pour des saltimbanques venus des pays étrangers,
s'assemblait en foule autour d'eux et s'en amusait ; quel-
quefois même cela allait plus loin. Cependant, à force de
persévérance, Ignace vint à bout de familiariser l'esprit
des Vénitiens, et finit par y recevoir les ordres sacrés,
ainsi que plusieurs de ses disciples.* Nous laissons à juger
quels ministres des autels devaient sortir d'une ordination
si brusque et si facile... Le poète a-t-il tort de les supposer
vomis par *la Discorde*, pour désoler ou empoisonner la
terre sur tous les points ?

25. Tel un brave homme, en devenant ministre,
A l'équité préfère le pouvoir,
( Comme vingt fois vous avez pu le voir );

Ah! ah! les ombres lisent dans l'avenir, à ce qu'il paraît.
N'est-ce pas là le système obligé de presque tous les ministres qui se sont succédés en France, depuis la bulle de

Pie VII qui a rétabli les *jésuites!* Nous disons *presque*,
parce que

> *Il en est jusqu'à...* deux *que l'on pourrait citer,*

dont le désintéressement et la loyauté n'ont pas failli. L'un
d'eux tient de trop près à notre *vieil ami*, l'auteur de ce
poème, pour qu'il nous soit permis de faire son éloge en le
nommant, et, par suite, de parler de l'autre.

### 26. Tel un préfet, etc.

Chez les élus, on sait aussi quels sont les préfets qui ont
été *girouettes :* nous doutons fort qu'il en échappe un seul
au jugement dernier, à la seule censure infaillible.

### 27. Tel un censeur renonce à la vertu ;

Nous ne comprenons point pourquoi notre auteur ne châtie
pas d'une façon plus exemplaire les membres avilis de la
*censure* dramatique en France... On voit bien qu'il ne fait
*plus* de pièces de théâtre, ou plutôt qu'il n'a jamais eu à
faire aux vandales de la rue de Thournon, à Paris... Mais,
que disons-nous? c'est probablement le juste mépris que
lui inspirent ces *coupeurs* à gages et sans conscience, qui
fait qu'il en parle si peu.

### 28. Tel un prélat abroge l'Evangile ,
### Lorsqu'on lui donne une place civile;

Notre poète a deux fois raison, selon nous : car s'il est vrai,
comme l'ont démontré MM. de Pradt et Montlosier, que la vie
dévote ou purement chrétienne est incompatible avec toute
fonction temporelle, il est évident qu'en acceptant un emploi
quelconque, (sans en excepter la pairie *délibérante*), tout
ecclésiastique est en état d'hostilité et de rebellion avec les
préceptes de Jésus-Christ. D'un autre côté, n'est-ce pas
abroger l'évangile, que de n'occuper cet emploi que pour
favoriser le retour des *jésuites*, ou servir aveuglément un

ministère incapable, à qui on *imposé* ces vils corrupteurs de la religion et de la morale publique?

29. Tel un Français, qui ne l'est que de nom,
Devient esclave, etc.

Personne ne doute, malheureusement, de l'existence sur le sol de notre patrie, de ces *intrus* à mille faces, vendus et toujours à vendre : ce sont des monstres qui n'ont des oreilles que pour manger, des yeux que pour témoigner faux, et des bouches que pour se taire. On en fait des électeurs impromptu, rarement des députés, toujours des *mouchards*.

30. Tel un *quidam*, devenu député,
Trahit pour lui tous ceux qui l'ont porté;

Tout membre de la chambre des députés, qui a cessé de l'être, peut, ce nous semble, être jugé avec la sévérité privilégiée de l'histoire. Nous avons la certitude que le *quidam* dont a voulu parler notre poète, après avoir fait une servile cour aux électeurs des deux oppositions en 1819, alla gaîment voter *au centre du centre*, pour trois ministères divers et consécutifs, sans jamais avoir ouvert la bouche qu'à la table de Leurs Excellences, ou que pour dire : *Oui, Monseigneur*.

31. Tel un chrétien qui loua les croisades,
Maudit les Grecs, etc.

Disons plus que le poète, embarrassé par la mesure et les rimes; déclarons hautement, sans crainte d'être démenti, que presque tous les partisans ou les apologistes des anciennes croisades, sont aujourd'hui les inexplicables, les plus farouches ennemis des chrétiens malheureux de la Grèce... Quelle honteuse anomalie de sentimens!... Mais *les Hellènes*, vous diront-ils, sont des *insurgés* contre leur souverain légitime... *L'insurrection* des vrais enfans de la primitive église contre les égorgeurs qui traitent les disciples de Jésus-Christ comme des chiens! la *légitimité* du Grand-Turc! En vérité, autant vaudrait dire que le Sauveur du monde était un *insurgé* condamnable, et ses bourreaux des *sujets fidèles*, parce que le fils de Marie substituait, sous l'empire du payen et cruel Tibère, la lumière céleste aux ténèbres *légitimes* du paganisme! Est-il possible qu'au dix-neuvième siècle, et sur la terre classique des lettres, des mœurs et de la civilisation, on ose se permettre de dénaturer ainsi les mots, les choses et les hommes! Pitoyables casuistes, politiques barbares autant qu'insensés! ou les Grecs sont vos frères en Jésus-Christ, ou vous n'êtes en effet que des Turcs et non des Chrétiens. Qu'oserez-vous répondre à ce dilème du grand et seul Juge de tous les hommes, si Dieu vous l'adresse au véritable jour de l'égalité?

32. Tel l'un ou l'autre, en changeant de jargon,
Est pis qu'un tigre, et n'était qu'un mouton....

Il faut avoir vu, suivi et connu, comme nous, dans les salons ministériels et ailleurs, un de ces personnages que veut peindre le poète dans ce foudroyant endroit, pour se faire une idée des métamorphoses honteuses et bizarres qui s'opèrent en eux, au passage de la vie privée à la vie politique. Sous le ministère de M. le duc ...... (qui fait une si heureuse exception parmi les hommes parvenus à tous les honneurs), une *Puissance* du jour était bien la plus rampante créature de cette espèce, soit dans les antichambres, soit au bain, soit à la toilette du ministre favori et digne de l'être!... Nous ne croyons pas qu'il puisse exister une antithèse plus frappante que celle de l'humilité servile, de l'avide bassesse du solliciteur subalterne dont il s'agit, et de la morgue ridicule, du despotisme révoltant de ce petit saltimbanque parvenu.... Qui pourrait le méconnaître à ce tableau ?.. Personne. Le poète n'en a pas tant dit, et nous l'avons deviné, de *la Croix-Rousse* à Paris.

33. Paul trois le pape ayant, par œuvre pie,
Pour son service admis ma compagnie.

Ce fut le 27 septembre 1540 que ce souverain pontife approuva l'institut des *jésuites*, sous le nom de *clercs de la compagnie de Jésus.* Depuis, Jules III le confirma.

34. . . . On m'approuve, on me flatte;
Ma modestie est un moment ingrate,
Mais je me rends... Et l'*Archi-Cardinal,*
En m'absolvant, me nomma général.

*Ignace ne se rendit au choix qui le désignait ainsi le chef suprême de sa compagnie, qu'après une longue résistance.* (Vies des Pères.) N'en déplaise à notre poète, qui cherche toujours à justifier *son page* de la fausse humilité de ses indignes enfans, ce pieux fondateur ne se montrait-il pas plus *jésuite* que réellement modeste, en hésitant à accepter le généralat, qui ne pouvait être raisonnablement donné qu'à lui ? Quoi qu'il en soit, ce fut le jour de Pâques 1541 qu'il prit possession de son gouvernement.

35. . . . *Jean trois* m'offre Goa;

Le séminaire de Goa, fondé par ce roi de Portugal, fut donné par lui aux *jésuites* qui en prirent possession en 1545.

36. *François-Xavier* dans les Indes s'en va.

Sous la protection du même prince, Xavier fut envoyé aux Indes-Orientales. Le poète nous dira plus tard comment ce *jésuite* et ses confrères répondirent aux aveugles bontés de ce monarque, en envoyant des émissaires de Goa à Cochin, pour s'emparer du commerce des perles, au détriment des paisibles et pauvres habitans de cette dernière ville et des Portugais eux-mêmes.

37. Mon successeur en a fait des tyrans,
Et je n'avais créé que des apôtres.

Au risque de contrarier encore une fois les bonnes intentions de notre ami *centenaire*, nous aurons de la peine à croire que le chevalier errant qui, ne pouvant persuader à un orgueilleux Sarrasin qu'une vierge peut devenir mère sans cesser d'être vierge, allait poignarder cet incrédule, si sa mule n'avait pas eu la sagesse de le détourner de ce mauvais dessein, fût devenu assez tolérant par la suite, pour n'avoir voulu créer que des apôtres purement évangéliques, dans les implacables *jésuites*... Au surplus, s'il eut une intention aussi pure, ces insignes apostats n'en sont que plus répréhensibles.

## 38. L'audacieux triompha du Saint-Père,

On a vu, par ce qui précède ce vers, qu'il s'agit ici de Jacques Lainez, cet audacieux second général des *jésuites*, qui *devint en réalité*, dit l'historien Arnold Scheffer, *le fondateur de la compagnie dite de Jésus, en lui donnant la direction politique qu'elle a conservée depuis, et en faisant disparaître des constitutions de l'ordre ce qu'il y trouvait de monastique.* L'infernal coquin!... cela veut dire qu'il supprima tout ce qu'il y avait de réellement évangélique dans l'institut d'Ignace, *enthousiaste religieux de bonne foi,* assure encore ce même auteur d'un Précis de l'Histoire générale des *jésuites.* Les vers qui suivent celui-ci annoncent les résultats obtenus par suite de cette suppression du père Lainez. Le poète a-t-il tort de faire que son page se repente tout-à-l'heure d'avoir encouragé le monstre antichrétien, qu'il a créé, dit-il, pour désoler la terre, *sans s'en douter.*

## 39. *Bobadilla* d'Augsbourg est exilé.

Pour avoir écrit contre l'*interim* ( formule de foi )

d'Augsbourg. C'est par licence poétique que l'auteur n'exile
ce sixième compagnon d'Ignace, que d'*Augsbourg seulement*;
il le fut de toute l'Allemagne. Voilà qui était commencer
de bonne heure à se faire maudire : en 1547, six ans après
l'établissement!

40. Et *la Sorbonne* avec ignominie,
Avec raison, maudit ma compagnie.

Encore! Voir la préface de notre auteur, à l'article de
l'année 1554.

41. *Gonzale* expire au Monomotapa,
Comme espion près *des noirs* qu'il trompa.

Lire, suivant la même indication, l'article de l'année
1560.

42. Cinq ans avant cette honteuse histoire,
Dans Saragosse avait pâli ma gloire.

Insubordonnés envers les chefs ecclésiastiques, spolia-
teurs d'un terrain appartenant aux religieux Augustins, sur
lequel ils firent construire leur église, ils furent excommu-
niés par l'évêque de Saragosse; et les habitans de cette
ville les regardant et les fuyant comme des pestiférés,
firent des processions pour réparer le scandale que ces faux
religieux avaient causé. Ces derniers ( *les jésuites* ) craignant
d'être lapidés, se renfermèrent dans leur collège comme
dans une forteresse; puis profitant d'un peu de calme, ils
se hâtèrent de sortir de la ville. ( Historique.)

43. Des noirs péchés du jésuite *Caffin*.

Ce père, connu sous un autre nom dans les diverses histoires des *cafards* de Loyola, serait-il par hasard un des
dignes ancêtres du recors illicite, condamné à la dégradation civique par le tribunal de la Seine? cela ne serait pas
mal dans l'ordre; un *jésuite* et un mouchard se tiennent

par la main; le même sang peut bien couler dans leurs
veines : nous dirons son autre nom tout-à-l'heure.

**44. Pour distiller le bonheur de médire,
Ainsi que font vos dames de Paris.**

Oh! monsieur mon vieil ami, quelle pénétration maligne
vous attribuez à l'ame de votre page, autrefois si galant!
J'ai bien peur que vous ne laissiez percer ici le bout de
l'oreille, et que la pensée du poète ne soit mise à la place
de celle d'Ignace. Parleriez-vous ainsi de nos aimables et
belles Françaises, des Parisiennes surtout, si vous n'aviez
pas plus de *cent ans!*

**45. Seigneur malade, êtes-vous condamné
Par saint Ephrem?**

La dévote garde-malade d'Ignace au lit de mort, choisit
sans doute saint Ephrem pour faire cette question, parce
que ce dernier, le plus grand de tous les saints, le plus
illustre des docteurs qui brillèrent dans l'église de Syrie,
par leur doctrine et leurs écrits, selon saint Grégoire de
Nysse, fut aussi le plus difficile sur la pénitence et la com-
ponction. Saint Ephrem, en effet, était si humble et si sévère pour lui-même, que l'on doit croire, avec *la veilleuse
Vesta,* qu'il jugeait peu de moribonds dignes d'entrer dans
le royaume des élus. Les papes qui font des saints, ne sont
pas tous aussi difficiles que saint Ephrem. Il faudrait assis-
ter au tribunal de *cassation* de l'être des êtres, pour savoir
qui a eu raison, ou des Saints-Pères qui *canonisent* ici-bas,
ou du docteur de Syrie, qui, après avoir vécu plus sainte-
ment que tous les *canonisés,* écrivait dans son testament
ces paroles aussi modestes que remarquables : « Prenez
» mon corps sur vos épaules, et jetez-le dans le tombeau,
» comme l'abomination du monde. Que personne ne
» m'adresse de prières à moi qui ne suis que corruption et

» un abîme de misères. Traitez-moi ignominieusement,
» afin de mieux montrer ce que je suis; vous devriez même
» me fuir, pour ne pas sentir l'odeur infecte qu'exhalent
» mes péchés. » Comparez à cette humilité véritablement
chrétienne, la jactance théologique de MM. de La Mennais,
de Bonald, Tharin, de Maistre, de F......., et de tous les
apôtres de Mont-Rouge et de Saint-Acheul; puis faites-
nous donc des saints de ces derniers hommes-là.

## 46. Tous les matins on veut qu'il se confesse;
## Il s'y refuse.

On a déjà pressenti que dans ce *Caffin*, le poète n'a voulu
que présenter l'exposition de tous les travers dans lesquels
les *jésuites* sont capables de se jeter. Pour donner une
preuve que *ces messieurs* se soustrayaient même à *la con-
fession finale*, nous citerons *le père Chauvel*, spoliateur
d'Ambroise Guys à Brest, qui partit pour l'autre monde sans
vouloir purger son ame avec le secours de ses complices,
et se contenta de confesser ses iniquités dans un papier
cacheté, lequel ne fut trouvé qu'après sa mort.

## 47. Beau complaisant, *pédéraste* à mon tour;
## Etc. . . . . . . . . . . . .

« Qu'on lise, si on l'ose, l'ouvrage intitulé : *les Asser-*
» *tions*, publié en 1762, par arrêt du parlement de Paris,
» et l'on frémira des horreurs que les théologiens de la
» société dite de Jésus ont débitées, depuis son origine,
» sur *la simonie, le blasphème, le sacrilége, la magie,*
» *l'irréligion, l'astrologie, l'impudicité, la* FORNICATION,
» *la* PÉDÉRASTIE, *le parjure, la fausseté, le mensonge,*
» *la direction d'intention, le faux témoignage, la préva-*
» *rication des juges, le vol, la compensation occulte,*
» *l'homicide, le suicide, la prostitution et le* RÉGICIDE. »

(Introduction au Précis de l'histoire générale des *jésuites*, de A. J. B., membre des anciennе et nouvelle universités de France.)

Nous ajouterons : que l'on approfondisse les causes qui firent chasser ces *boucs* immoraux du collége de *Braïda* dans le Milanais, par Charles Borromée, et nous sommes convaincu que notre poète sera complètement justifié de n'excepter d'aucune sorte de vices et de crimes leur digne émule *Caffin*, précurseur de tous les Escobar, de tous les Lavalette, de tous les Girard, de tous les Ribera, qui sont venus depuis épouvanter le monde par leurs honteux excès en tout genre.

48. . . . . . . Mes dispositions
Frappent Lainez, et surprennent le pape,
Je me dis moine élevé par *la trape*.....
Et j'ai la clef de nos *instructions*.

Nous avons cité ce passage en entier, parce que, pour la justification de mon vénérable ami, le sens n'en doit pas rester douteux, *Caffin*, voulant séduire le Saint-Père, et flatter l'orgueil *jésuitique* de Jacques Lainez, se dit sorti de *la trape*; mais lorsqu'il ajoute qu'il a *la clef des instructions des jésuites*, il ne prétend point donner à entendre que les mœurs honorables des *trapistes* lui ont facilité cet apprentissage... (à Dieu ne plaise! m'écrit lui-même l'auteur de l'Evangile vengé... ); il veut répéter simplement ce qu'il a déjà dit plus haut, que ses penchans et ses moyens naturels avaient fait de lui, en peu de temps, un *jésuite accompli...* Le lecteur sait ce que cela veut dire.

49. Comment surtout on jette les filets
Sur une veuve, en l'exemptant des grilles.

Il faut lire le chapitre sept des Instructions secrètes, ayant pour titre : *Comment il faut ENTRETENIR les veuves et disposer des biens qu'elles ont*, pour juger soi-même si les passages que nous allons transcrire, n'ont pas dû autoriser notre poète à composer de pareils vers.

§ 9...... « On leur défendra les jeûnes ; les cilices, les dis-
» ciplines corporelles, et on ne leur permettra pas d'aller
» à l'église ; mais on les gouvernera à la maison, *en secret*
» *et avec précaution*. Qu'on les laisse entrer dans le jardin
» et *dans le collége*, pourvu que cela se fasse *secrètement;*
» et qu'on leur permette de s'entretenir et de *se récréer*
» *avec ceux qui leur plairont le plus.* »

Et plus haut, dans le § 7, on avait déjà osé dire : « Enfin,
» pourvu qu'il n'y ait pas de danger et d'inconstance, et si
» elles sont toujours *fidèles et libérales envers la société,*
» qu'on leur accorde, avec modération et *sans scandale*,
» ce qu'elles demandent pour *la sensualité.*»

> 5o. Les moyens sûrs de forcer le commerce
> A n'enrichir que moi, quand je l'exerce,
> Conjointement avec d'autres marchands.

Morale mise en pratique d'une manière si scandaleuse par le père Lavalette, digne descendant du *père Caffin*, sans doute. Il sera probablement question plus tard de cette banqueroute *jésuitique*, que la préface de notre auteur a sûrement indiquée à sa place... Attendons.

> 51. Trop de bien-être au peuple est inutile.

Système affreux, inhumain, anti-évangélique, entretenu encore aujourd'hui par nos modernes ultramontains. Ces ennemis de toute industrie, des lumières et de la population du sol de la France, s'étaient réunis avec les pères de Saint-Acheul et de Mont-Rouge, pour nous faire octroyer l'émission dégradante et anti-sociale du droit d'aînesse, aux dépens du bien-être et du repos des familles. Les misérables pensent volontiers comme le grand despote Frédéric II, qui considérait ses sujets ainsi que des bêtes, renfermées dans un parc uniquement pour *peupler :* avec cette différence, que ces monstrueux frénétiques n'accorderaient même pas *à leurs frères* la liberté de pâture, si la chambre des pairs voulait les croire... Mais LES GRECS ne sont pas toujours battus par *les Turcs.*

### 52. .... On le trompe, et *je remplis mes guêtres.*

Cette expression triviale est permise à l'indigne et crapuleux *Caffin*, qui, comme il nous l'apprend lui-même, s'était vautré partout, avait profité de tout. Quel fut, quel est, quel sera d'ailleurs le *jésuite* qui eut, qui a, ou qui aura d'autre dessein, en s'enrôlant dans cette abominable société, que celui de bien *remplir ses guêtres !*

### 53. . . . Comme moi tous *nos prêtres,*

L'auteur a-t-il mal fait d'exposer ainsi la solidarité des odieux enfans de Loyola? Voyez si dans tous les écrits de leurs *profès*, ils ne s'empressent pas de revendiquer les crimes et les débauches du fait de leurs disciples ou confrères, ou de leurs agens secrets. Jacques Clément ne reçut-il pas des honneurs dans leurs églises? le *père Girard* ne fut-il pas un sage à leurs yeux? Lisez encore, au surplus, leurs *Monita secreta*, et vous nous direz si un seul d'entre eux peut être autre chose qu'un *Caffin.*

### 54. *François-Xavier* dépouille les Chinoises,
Pour les parer des perles qu'il vola,
Ou fit voler de Cochin à Goa.

Historique, dans toute la force du terme.

### 55. *Claude le Jay* séduit les Iroquoises.

Historique : Voyez la préface. Il est vrai que ce *le Jay* assista au concile de Trente, avec Lainez et Salmeron ; mais cela ne dit rien, et n'empêcha pas qu'il fût impliqué dans les plaintes des Iroquois auprès du gouvernement du Canada.

56. *Pierre Lefèvre* en veut aux Italiennes ;
A ma manière il en fait des chrétiennes,
Et les punit d'avoir d'autres amans.

Ce *maroufle* éprouvait, dit *Alban Butler* dans les Vies des Pères, etc., de violentes tentations d'*impureté*, dont il ne lui était pas possible de se délivrer. Le véridique *Caffin* nous en donne des preuves, *comme l'histoire.*

57. En Portugal *Rodriguez* fait des siennes.

Ici notre poète s'en tire en Normand, et n'explique pas les œuvres de ce compagnon d'Ignace ; mais, s'il nous en souvient, il a dit plus haut :

« Au sein du Portugal
» Rodriguez reste, et ne fait point de mal.

Oui ; mais c'est Ignace qui parle, et qui ajoute :

» Je veille encor !...

Depuis, Lainez a étendu l'empire du désordre ; et il est fort probable que l'habile *Caffin* était fondé à révéler que plus tard ce même *Rodriguez faisait des siennes* à Lisbonne. Quoi qu'il en soit, bornons-nous à penser que ce *jésuite* fut le plus sage ou le moins dissolu des six premiers disciples du page de Ferdinand V.

58. *Pasquier Brouet.*

Ce *jésuite* subalterne était du diocèse d'Embrun ; il ne valait pas mieux que *Jean Codure*, lequel est le même que le *malotru* à qui mon vieil ami donne le nom de *Caffin*, par tradition peut-être, si ce n'est pour consacrer la mémoire du célèbre *mouchard* qui vient de subir la dégradation civique à Paris, pour avoir, sans droit et sans mandat, posé une main sacrilége sur un homme libre.

59. Qui le croirait? ces suppôts du démon
Sont protégés par *le duc de Gandie!*

Tout homme sage et de bonne foi pouvait être séduit par d'adroits hypocrites, tels que les enfans de Loyola. C'est ainsi que François Borgia, duc de Gandie, qui plus tard devint *jésuite* et même général, vit sa religion trompée par ces insidieux imposteurs. Ce ne fut que pendant son généralat qu'il les connut bien ; alors il leur adressa cette prédiction : « Vous vous êtes introduits sous la forme de brebis; » vous régnerez comme des loups ; on vous expulsera » comme des chiens. »

Puis il ajouta :

« Vous reparaîtrez comme des aigles. » C'est ce que nous ne voyons pas encore, heureusement! Ces messieurs reparaissent en effet, mais comme des *hiboux* seulement; et nous nous flattons qu'ils seront de nouveau chassés comme des oiseaux de mauvais augure, ou plutôt des pestiférés, si mieux ne vaut pas toujours dire *des chiens*... enragés.

60. Dieu sera juste en me brûlant toujours.

Il est donc vrai que le plus grand coquin de la terre devient équitable à l'heure de la mort : cette déclaration solennelle de *Caffin* regarde tous les *jésuites*, et présage leur juste destinée dans l'autre monde. C'est ainsi que l'Évangile qu'ils ont profané, sera vengé par son divin auteur, infiniment mieux que par notre *centenaire.*

61. Dans le couvent de la vierge *Strata.*

Ignace fonda une maison à Rome pour retirer les courtisanes qui désiraient quitter leurs désordres : ce fut sans doute ce monastère des *Repenties*, qu'il consacra à la vierge *Strata*. On voit, par l'aveu de *Caffin*, comment les *boucs*

8

de Loyola, exécutaient les ordres de leur général, ou les commandemens de Dieu et de l'Eglise.

## 62. Mais *Salmeron*, le lubrique *Lainez*.

Qu'on ne s'étonne point des diverses épithètes déshono-rantes que donne souvent le poëte au second général des *jésuites*. N'est-ce pas à celui-ci que le *jésuitisme* doit sa plus grande extension, sa morale relâchée, et ses empiéte-mens sur le temporel. Il doit donc être permis de traiter de tous les noms, l'orgueilleux coupable qui fut cause de tant de maux et de tous les désordres de sa secte infernale.

## 63. . . . . . . Et la désenrôler
## Du dit couvent, où toutes ses richesses
## Eussent été d'inutiles largesses.

En lisant avec soin *les Avis secrets* de *ces messieurs*, on verra que sous prétexte qu'eux seuls étaient aptes à répan-dre sagement les aumônes, ils s'enrichissaient, en centra-lisant les effets de la charité dans leurs propres maisons. Cette morale ne rappelle-t-elle pas les scrupules *jésuitiques* du Tartufe de notre grand Molière ?

« Tous les biens de ce monde ont pour moi peu d'appas,
» De leur éclat trompeur je ne m'éblouis pas ;
» Et si je me résous à recevoir du père
» Cette donation qu'il a voulu me faire,
» Ce n'est, à dire vrai, que parce que je crains
» Que tout ce bien ne tombe en de méchantes mains ;
» Qu'il ne trouve des gens qui, l'ayant en partage,
» En fassent, dans le monde, un criminel usage ;
» Et ne s'en servent pas, ainsi que j'ai dessein,
» Pour la gloire du Ciel, et le bien du prochain. »

## 64. *Delphine* sait que je naquis en France :

Ce nom de Delphine, donné par le vieillard facétieux,

auteur de ce poème, à la victime du voluptueux *Caffin*, nous dispose à sourire à notre tour. Il nous fait souvenir de certains vers cités par l'immortel Pascal, et composés par le *pudique père Le Moine*, pour... probablement sa maîtresse; que le lecteur en juge lui-même :

» Les chérubins, ces glorieux
» Composés de tête et de plume,
» Que Dieu de son esprit allume,
» Et qu'il éclaire de ses yeux;
» Ces illustres faces volantes
» Sont toujours rouges et brûlantes,
» Soit du feu de Dieu, soit du leur,
» Et, dans leurs flammes mutuelles,
» Font du mouvement de leurs ailes
» Un éventail à leur chaleur.
»   .   .   .   .   .   .   .   .
» Mais la rougeur éclate en toi,
» *Delphine*, avec plus d'avantage,
» Quand l'honneur est sur ton visage,
» Vêtu de pourpre comme un roi, etc. »

« Qu'en dites-vous, mes pères? ( s'écrie Pascal lui-même après avoir relaté l'érotique tirade ); cette préférence » de la rougeur de *Delphine* à l'ardeur de ces esprits, qui » n'en ont point d'autre que la charité; et la comparaison » d'un éventail avec ces ailes mystérieuses, vous paraît- » elle fort chrétienne dans une bouche qui consacre le » corps adorable de Jésus-Christ! Je sais qu'il ne l'a dit » que pour *faire le galant* et pour rire; mais c'est cela » qu'on appelle rire des choses saintes. Et n'est-il pas vrai » que si on lui faisait justice, il ne se garantirait pas d'une » censure, quoique pour s'en défendre il se servît de cette » raison, qui n'est pas elle-même moins censurable, qu'il

» rapporte au livre premier ( de ses *Peintures morales*),
» que la Sorbonne n'a point de juridiction sur le *Parnasse*,
» et que les erreurs de ce pays-là ne sont sujettes ni aux
» censures ni à l'inquisition; comme s'il n'était défendu
» d'être blasphémateur et impie qu'en prose. »

### 65. D'autres conseils ne furent plus suivis.

Les *Monita secreta* apprendront aussi que les confesseurs
*jésuites doivent prendre garde que ces sortes de veuves,
qui seront leurs pénitentes, n'aillent voir d'autres religieux sous quelque prétexte que ce soit, et qu'elles n'en-
trent en quelque familiarité avec eux.* Ah! *Caffin* connais-
sait parfaitement leur religion, leur morale, et la pratiquait
à merveille.

### 66. Et ses plaisirs... ( par nous permis aux nonnes, Pendant le charme ou la longueur des nuits, Pour les soustraire au *lutin* des ennuis. )

Rien n'est plus *jésuitique*, mais rien n'est plus vrai que
cette parenthèse de l'impur *Caffin*. Voyez, à ce sujet, les
paragraphes 7 et 9 des Instructions secrètes, déjà cités à la
note 49 de ce chant; et méditez ce passage du même chapitre : « Qu'on les visite souvent ( les veuves ), qu'on les
» entretienne d'une manière agréable, et qu'on les *réjouisse*
» par des histoires spirituelles et des *plaisanteries* ( face-
» tiis recreantur et foveantur), selon l'humeur et *l'inclina-
» tion* de chacune. »

Et plus loin :

« S'il faut qu'elles se mettent en deuil, qu'on leur accorde
» des ajustemens qui aient bon air et qui ressentent quel-
» que chose de spirituel et de *mondain* en même temps
» ( aliquid spirituale simul et mundanum spirans ), afin
» qu'elles ne croient pas qu'elles soient gouvernées par *un*

» *homme entièrement spirituel.* » Eh bien, le pénitent de dame *Vesta* en dit-il trop?

### 67. A ces mots hurle encor ce *sac-à-corde.*

Cette expression méridionale, ou gasconne, n'est pas française; mais elle nous a paru très-énergique. Nous n'en prétendons point justifier l'auteur; mais nous la lui pardonnons, et nous souhaitons que le lecteur la lui pardonne aussi : *sac-à-corde* veut dire textuellement un misérable qui a tout fait pour être pendu, comme *sac-à-vin*, je suppose, voudrait dire un ivrogne qui n'est jamais *à jeun*, ou sans boire.

### 68. Et, par saint Loup, je vous en félicite!

En jurant *par saint Loup*, l'érudite *Vesta* se rappelle probablement que cet ancien évêque de Troyes, d'abord marié, quitta, de consentement mutuel, son épouse Piméniole, sœur de saint Hilaire d'Arles, en s'engageant en outre avec elle, par vœu, à garder toujours la continence. Nous présumons que Loup et Piméniole furent autrement fidèles que des *jésuites....* Et voilà ce à quoi paraît avoir pensé la garde-malade d'Ignace et de *Caffin.*

### 69. Ce ne sont pas des esprits subalternes,
### Qu'en douze chants je m'en vais célébrer.

Ne devons-nous pas savoir quelque gré à un *centenaire* un peu tardivement embrasé du feu poétique, et naturellement *rabacheur*, de se justifier ainsi, plusieurs fois, d'avoir sacrifié quatre mortels chants à son espèce d'introduction, qui ne passera que tant bien que mal, pour une exposition! C'est réclamer l'indulgence en reconnaissant de bonne heure ses torts, s'il en a eu. Prenons donc patience, comme il le souhaite; il n'a plus qu'un jour à *rabacher.*

70. Le page saint lui-même le proclame....

*Mais il est mort, Dieu veuille avoir son ame !*

Il est possible que l'amitié nous égare; mais il nous semble que notre poète finit assez heureusement le troisième chant, par cette réminiscence qui nous a fait sourire *parci-parlà*, dans la bouche de *sa vieille garde-malade*. Le dernier vers, selon nous, annonce la catastrophe du quatrième chant, sans trop l'indiquer, et cela ne nous paraît pas trop mal.... Nous allons voir.